Das Buch „**Omas Erinnerungen**" von Lia Abuladze enthält 54 Geschichten aus dem Leben dreier Kinder, drei Schwestern, die ursprünglich Georgier sind, aber in Frankfurt am Main geboren wurden und dort auch leben.

Danksagung: *Ich danke meinen drei Freundinnen in Münster – Prof. Dr. Edeltraud Bülow, Hannelore Sensen und Hiltrud Fischer, die die ersten Zuhörerinnen dieser Geschichten waren und mich ermutigt haben, weiter zu schreiben. Besonderer Dank gilt Hannelore, die sogar nach Frankfurt kam, um meine Enkelinnen persönlich kennenzulernen. Zuletzt vielen Dank an meine Familie für ihre vielfältige liebevolle Hilfe.*

Einen ganz besonderen Dank möchte ich an eine Freundin unserer Familie, Saskia Hennig von Lange aussprechen, die meine Texte sprachlich verbessert und mir stets wunderbare Ratschläge gegeben hat.

AF221522

Omas Erinnerungen

Inhalt

(Die mit * Sternchen markierten Geschichten sind bereits im „Georgisches Lesebuch" herausgegeben von Lia Abuladze und Jonas Löffler, Hamburg 2018, veröffentlicht worden)

Vorwort

Ich stamme aus Georgien. Seit 1999 wohne ich in Münster und unterrichte Georgisch an der Universität (WWU). Mein Sohn hat Jura in Münster studiert. Zurzeit wohnt er mit seiner Familie in Frankfurt am Main. Seine Frau ist auch aus Georgien. Sie haben drei Töchter. Meine erste Enkelin wurde 2006 geboren, die zweite nach anderthalb Jahren (2008), und die dritte 2014.

Ich besuchte meine Enkelinnen zweimal im Monat. Für mich als Sprachwissenschaftlerin war es sehr interessant, ihre sprachliche Entwicklung zu beobachten. Besonders deshalb, weil die Kinder in der Krabbelstube von den Erzieherinnen Deutsch lernten, bei der Familie aber hörten und sprachen sie Georgisch.

Die Kindersprache, vor allem im Fall des Bilingualismus, ist für die Linguistik ein interessantes Thema, das nicht ganz gründlich erforscht ist. „Jetzt ergibt sich für mich eine gute Möglichkeit, Bilingualismus zu studieren", dachte ich. „Es wäre sehr interessant, die Entwicklung der sprachlichen Kompetenz meiner Enkelinnen zu notieren."

Um die Probleme der Zweisprachigkeit der Kinder zu verstehen, braucht man natürlich das Erfahrungsmaterial. Für die Sammlung des Materials über die Bildung einer doppelten Sprachkompetenz, muss man das Verhalten der Kinder, die einer zweifachen sprachlichen Herausforderung unterworfen sind, Tag für Tag beobachten.

Aber nur zweimal im Monat am Wochenende meine Enkelinnen zu beobachten – das reichte nicht für die Realisierung meiner Idee. Ich habe auf mein wissenschaftliches Ziel verzichtet und mich nur auf das Schreiben der hier vorliegenden Aufzeichnungen beschränkt. Auch das war nicht einfach, weil fast die ganze Zeit, die ich zusammen mit den Kindern verbrachte, mit Spielen erfüllt war und ich nach unseren Spielen meistens so erschöpft war, dass ich nur mit großer Mühe schreiben konnte. Bei jedem neuen Treffen mit meinen Enkelinnen sah ich, wie schnell sie sich veränderten. Auch deshalb wollte ich aufschreiben, was ich mit ihnen erlebte, um ihre Kindheit nicht völlig aus meinem Gedächtnis zu verlieren.

Was am Ende daraus geworden ist, sehen Sie hier.

Ich wünsche Ihnen viel Spaß beim Lesen!

Meine Enkelinnen sind: Lia, geb. am 22.08.2006, Nina, geb. am 9.04.2008 und Anna, geb. am 18.05.2014.

Ihre Eltern heißen Lata und Nick.

Lia Abuladze

11. März 2008

Lia

Der Wortschatz der anderthalbjährigen Lia besteht aus zwei Silben „an…an" und „da…da", die verschiedene Bedeutungen haben. Wenn ich nach Frankfurt komme und die Wohnung meines Sohnes betrete, streckt die kleine Lia mir ihre Hände entgegen und ruft: "an…an!" Das bedeutet, dass sie auf meine Arme nehmen soll.

Im Zimmer zeigt sie auf den Sessel: „Da…da", ich soll mich setzen. Der Sessel steht neben dem Fenster. Lia mag es, dort auf meinen Knien zu sitzen, hinaus zu schauen oder mit mir „Hoppe, hoppe, Reiter" zu spielen.

Auch an diesem Abend im März haben wir dagesessen und aus dem Fenster geschaut als es klingelte. „Ah, Lias Papa ist gekommen!", frohlockte ich, sprang auf und lief zur Tür. Doch ich stolperte, verlor das Gleichgewicht, erst im letzten Moment gelang es mir, mich zu fangen. Ich stieß mich nur an der Wand, nicht weiter schlimm. Ich öffnete die Wohnungstür und ging ins Zimmer zurück; doch was sah ich da? Meine kleine Enkelin tapste zur Wand und schlug mit der flachen Hand dagegen, genauso, wie wir es machen, wenn Lia sich an etwas stößt: Wir schlagen die Gegenstände, die sie verletzt haben.

Dann ging Lia in den Flur und brachte mir meine Straßenschuhe, sie stellte die Schuhe vor mich hin und verlangte „an…an". Bestimmt wollte Lia sagen, dass meine Pantoffeln schuld daran waren, dass ich über die Teppichkante gestolpert bin und ich deshalb besser die Straßenschuhe anziehen sollte.

Schließlich setzte sich Lia auf den Teppich und sagte: „Da…da." Ich verstand meine kleine kluge Enkelin richtig und hockte mich neben sie.

15. August 2008

Die Katze

„Wau, wau, wau, wau!", ruft Lia wenn sie einen Hund sieht. Sie liebt alle Hunde, egal ob kleine oder große, Rassehunde oder Mischlinge. Aber ich habe Angst, wenn meine Enkelin einen Hund streichelt. Es gibt so viele Gefahren, die mit Hunden verbunden sind, doch ich versuche, ruhig zu bleiben, mich nicht einzumischen, nicht daran zu denken, was passieren kann, wenn Lia den Hund küsst oder die Hand nach dem Streicheln in den Mund steckt.

Einmal waren wir auf dem Spielplatz, Lia schaukelte. Plötzlich sprang sie ab und rannte zum Zaun, ich folgte ihr. Hinter dem Zaun war eine große, gelbe Katze. Lia wollte sie fangen, aber natürlich schaffte sie das nicht. Ich lockte: „Katze, kiss-kiss, Katze!" – „Nein, Oma, miau-miau", korrigierte Lia. Also miaute ich, aber die Katze verstand mein Rufen nicht, und statt zu uns zu kommen, ging sie ruhig weg. Lia war enttäuscht, sie konnte nicht über den Zaun springen und rief: „Miau, miau." Ich wiederholte ihren Ruf. Heimlich hoffte ich, dass die Katze uns nicht richtig verstehen würde und verschwände, weil ich Angst hatte, diese große Katze könnte Lia angreifen und ihr das Gesicht zerkratzen. Und wirklich guckte uns die Katze aus ihren grünen Augen verächtlich an und machte sich schließlich davon. Lia fing an zu weinen, ich tröstete sie: „Die Katze will schlafen und ist nach Hause gegangen, morgen kommt sie wieder."

11. Februar 2009

Das Müllauto

Nicht nur Hunde und Katzen wecken Lias Neugier, sondern auch vorbeikommende Autos und Fußgänger. Wir wohnen im Erdgeschoss. Lia mag es, zusammen mit mir im Sessel zu sitzen und vom Fenster aus die Straße zu beobachten. Unsere Straße ist sehr ruhig und Autos fahren selten vorbei. Deshalb freut sich Lia besonders, wenn das Müllauto vor dem Fenster anhält. Die Arbeiter in ihren orangenen Uniformen leeren die Mülltonnen in Container, Lia klopft ans Fenster und winkt ihnen mit beiden Händen zu. Die Müllwerker winken zurück, einer, der älter aussieht als die anderen, kommt zum Fenster, klopft und schickt Lia Luftküsschen. Lia ist begeistert.

Weil Nina schon so groß geworden war, dass sie auch aus dem Fenster schauen und draußen Dinge beobachten konnte, habe ich sie einmal zu uns in den Sessel genommen. Das Müllauto kam und „unser" Arbeiter, der immer an die Scheibe klopft und Lia ein Küsschen schickt, erblickte Nina und schenkte ihr sofort die Aufmerksamkeit, klopfte ans Fenster und gab ihr einen Luftkuss.

Ich war nicht sicher, ob Lia seinen Verrat bemerkt hatte, aber ich selbst empfand plötzlich einen schon sehr lange vergessenen Stich ins Herz.

4. März 2009

Lia denkt

Am Samstag war die ganze Familie im Schwimmbad. Nach dem Schwimmen war Lia ziemlich müde. Im Auto saß sie schweigend hinter ihrer Mutter Lata, die sie nicht sehen konnte. „Lia, was machst Du? Schläfst Du?", fragte die Mama.

„Lia denkt", war die Antwort.

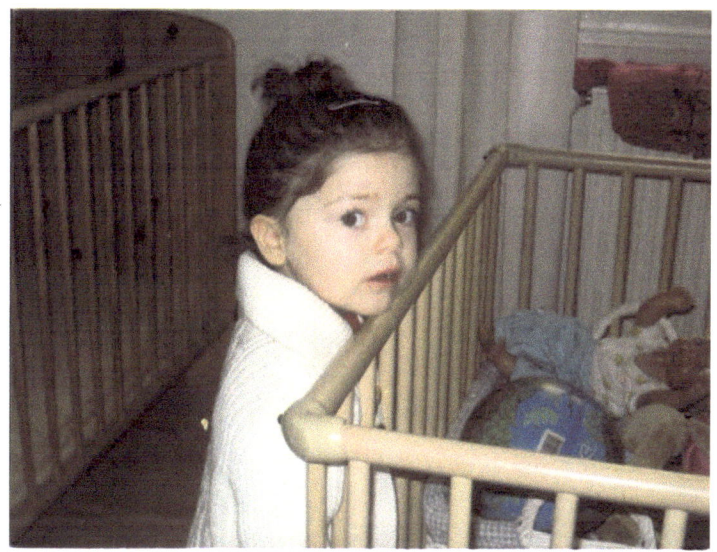

1. April 2009

Lia verteidigt Nina

Seit eineinhalb Jahren geht Lia in die Krabbelstube. Morgens marschiert sie mit Mama oder Papa brav dort hin. Ihre Schwester, unsere kleine Nina, ist schon zehn Monate alt. Heute bringt Mama sie mit Lia zusammen in die Einrichtung. Auf dem Weg sagt sie: „Lia, du musst auf deine kleine Schwester aufpassen und sie verteidigen, falls jemand sie schlägt. Falls zum Beispiel Paul Nina schlägt, musst du sagen: ‚Schlag meine Schwester nicht!' Hast du verstanden?" Natürlich hat Lia das verstanden.

Mama und die Kinder betreten den Flur. Mama hilft Lia, den Mantel auszuziehen und verabschiedet sich von Nina. Lia rührt sich nicht. „Lia, worauf wartest du? Geh ins Zimmer", sagt Mama. Lia entgegnet: „Sag Paul, er muss Nina schlagen, Lia will sie verteidigen."

21 Mai 2009

Lia verschwindet

Kurz nach Ostern war Lias Patin Katrin zu Gast bei der Familie. Sie spielte mit Lia, während die Mutter Nina ins Bett brachte. Katrin ging auf die Toilette, als sie zurückkam, war Lia verschwunden. Katrin suchte Lia überall in der Wohnung, aber vergeblich. Sie alarmierte Lata. Die beiden stürzten nach draußen und rannten in verschiedene Richtungen. Als Lata die Straße überquerte, rief die Frau aus dem Kiosk: „Suchen Sie ein kleines Mädchen? Es ist in diese Richtung gelaufen", und zeigte den Weg zum Spielplatz.

Bald hatte Lata Lia wiedergefunden und brachte sie nach Hause. Unterwegs sagte sie: „Lia, du darfst nie allein rausgehen. Es ist gefährlich. Ich gehe nie allein, immer nur mit dir oder mit Nina. Du darfst auch nicht allein irgendwohin gehen. Hast du mich verstanden?"

Lia schwieg eine Weile, dann sagte sie: „Aber Papa geht doch auch allein raus!"

8. August 2009

Das Märchen

Die kleine Lia mag es sehr, wenn ich ihr etwas erzähle.

„Lia, willst du, dass ich dir ein Märchen erzähle?", fragte ich meine fast dreijährige Enkelin neulich.

„Ja", antwortete sie, und ich begann:

„In einem Wald wohnte eine alte Frau. Jeden Morgen stand sie auf, wusch sich, kochte Wasser für ihren Tee und machte Frühstück. Eines Tages jedoch erwachte sie und konnte nicht aufstehen, weil ihr die Beine wehtaten. Sie fing an zu weinen: ‚Was soll ich machen, ich kann nicht aufstehen, ich habe Schmerzen, ich kann kein Wasser holen und das Frühstück vorbereiten, ich habe Hunger, ich will trinken, wer hilft mir?‘ Sie weinte und weinte".

Ich versuchte die alte Frau nachzumachen und begann selbst fast zu weinen. Lia hörte aufmerksam zu.

„Dann griff die arme alte Frau zum Mobiltelefon, das sie immer bei sich hatte, und rief ihre kleine Enkelin an. Die Enkelin wohnte im Dorf neben dem Wald. Vom Telefonklingeln wurde sie geweckt. ‚Hallo, hallo‘, sagte sie. ‚Mein Schatz, ich bin es, deine Großmutter, ich bin krank, ich kann nicht aufstehen, meine Beine tun weh, ich möchte etwas trinken und essen.‘" Ich jammerte und beklagte mich so sehr, dass Lia mir den Stock gab, sie wollte mir helfen aufzustehen. Ich nahm den Stock und tat so, als könne ich sogar mit dem Stock nicht aufstehen.

„‚Liebe Oma, weine nicht, ich hole ein Körbchen, nehme von zu Hause Brot, Käse und Kuchen mit und werde es dir bringen.‘" Dieses Mal sprach ich mit der Stimme eines kleinen Mädchens. Lias Gesicht strahlte und sie nahm ihren kleinen Korb in die Hand. Ich erzählte das Märchen weiter. Ich wollte meiner kleinen Enkelin „Rotkäppchen" erzählen, nur in meiner eigenen Fassung.

„Die Großmutter freute sich sehr und sagte zur Enkelin: ‚Wie gut ist es, dass du bald herkommst und mir Essen bringst. Denk daran, im Wald vorsichtig zu sein, dort leben Wölfe und Bären...‘ – ‚Oma, ich fürchte mich nicht‘, antwortete das kleine Mädchen, küsste seine Mutter zum Abschied, nahm das Körbchen und trippelte in die Richtung von Großmutters Haus. Unterwegs begann sie zu singen".

Lia sang ein wenig, und ich fuhr fort: "Die Vögel hörten das kleine Mädchen singen. Sie freuten sich und zwitscherten. Plötzlich kam aus dem Gestrüpp ein Wolf, sah das kleine, schöne Mädchen, und sofort vergaß er seine bösen Absichten." Ich wollte Lia nicht erschrecken und versuchte den Wolf nicht so grausam erscheinen zu lassen.

„‚Wohin gehst du, kleines Mädchen?', fragte der Wolf. ‚Zur Oma, die Oma ist krank und ich muss ihr Essen bringen' – ‚Wo wohnt deine Oma?' – ‚Auf einer Lichtung mitten im Wald.' – ‚In Ordnung, kleines Mädchen, mach's gut!' verabschiedete sich der Wolf.

Die Großmutter lag im Bett und stöhnte: ‚Ich bin krank, ich habe Hunger, wo ist meine Enkelin?' In diesem Augenblick klopfte es an der Tür. ‚Komm herein, mein Kind, die Tür ist offen!' Der Wolf trat ins Zimmer und sagte zu der alten Frau: ‚Reg dich nicht auf, deine Enkelin ist unterwegs, sie wird bald kommen.' Tatsächlich kam nach fünf Minuten das kleine Mädchen. Sie fand die Salbe im Schrank und strich sie der Großmutter auf die Beine. Dann stellte sie das Essen aus dem Korb auf den Tisch, und alle zusammen – die Großmutter, der Wolf und das Mädchen –, setzten sich und fingen an zu frühstücken."

Ich spürte, dass sich das Märchen ohne seine Grausamkeit nicht interessant entwickelt hatte, aber meine kleine Enkelin forderte: „Noch mehr!" – „Soll ich dir ein neues Märchen erzählen?" – „Nein, das von eben, wie die Oma krank wurde!"

„Eines Morgens erwachte die Großmutter und wollte aufstehen, aber sie konnte sich nicht rühren", begann ich das Märchen von vorne zu erzählen. Lia hörte wieder aufmerksam zu.

Nach einer Stunde gingen wir hinaus in den Garten. „Lia, was machen wir jetzt? Möchtest du mit dem Ball spielen?" – „Nein, Oma, das Märchen, wie die Oma krank wurde", sagte Lia zu mir, und ich wiederholte das Märchen zum dritten Mal. Vor dem Schlafen verlangte Lia, ihr dieses Märchen noch einmal zu erzählen, was ich selbstverständlich tat.

Am nächsten Morgen fragte sie wieder nach dem Märchen. Als ich zu der Stelle kam, wo das kleine Mädchen mit dem Korb zur Großmutter ging, sagte Lia: „Ich will auch". – „Was willst du?" – „Dir Essen bringen, wenn du krank bist", antwortete Lia. Ich war zu Tränen gerührt und küsste meine kleine Enkelin.

Nach dem Frühstück gingen wir einkaufen. Lia saß im Kinderwagen. Unterwegs sprang sie plötzlich aus dem Wagen und sagte zu mir: „Oma, du hast Schmerzen, ich helfe dir!", und schob den Wagen vor sich her. Ich protestierte: „Lia, der Wagen ist zu groß für dich, setz dich lieber in den Wagen, dann können wir schneller gehen". – „Aber, Oma, du hast doch Schmerzen und ich muss dir helfen!" Eine warme Welle der Liebe erfasste mein Herz.

4. September 2009

Nina

Nina wächst schnell. Bald wird sie anderthalb Jahre alt. Sie hat viel von Lia gelernt: laufen, springen, tanzen, malen und Bücher anschauen, aber leider hat sie auch beißen gelernt.

Wenn Lia mit Ninas Puppe spielt, protestiert Nina und weint laut, aber Lia will die Puppe nicht hergeben. Dann stürzt sich Nina auf Lia und beißt ihr in die Hand oder die Wange. Lata muss immer wachsam sein, um den Streit zwischen den Kindern zu verhindern, sonst können die kleinen Welpen einander verletzen.

Einmal kam sie rechtzeitig ins Zimmer; gerade wollte Nina Lia beißen. Lata begann, Nina einen Vortrag zu halten: „Nina, Menschen beißen nicht. Nur Hunde und wilde Tiere beißen. Aber Menschen sind keine Tiere. Du bist kein Hund. Auf keinen Fall darfst du deine Schwester beißen. Hast du verstanden? Du beißt nie wieder!"

Schweigend hörte Nina zu, dann nickte sie ernst mit dem Kopf und sagte: „O.k.."

8. Oktober 2009

In Bad Homburg

Es war ein sonniger Herbsttag und nach dem Mittagessen schlug Nick vor, einen Ausflug nach Bad Homburg zu machen. Lata wollte zu Hause bleiben, um die Wohnung aufzuräumen. Die Familie war vor kurzem umgezogen und es gab viel zu tun. Also machten wir uns zu viert auf den Weg.

Nach einer halben Stunde waren wir schon in Bad Homburg.

„Ist es nicht schön hier?", stellte Nick eine rhetorische Frage.

„Wenn es nicht so windig wäre", antwortete ich und bedauerte es sofort.

„Du schaffst es immer, meine Laune zu verderben", sagte Nick und ging schneller.

Bald waren wir auf dem Spielplatz. Lia hat eine kleine Hütte gefunden und beschloss, dort zu wohnen. Sie setzte sich neben die Tür und lud mich ein, dasselbe zu tun. „Du bist meine Tochter", sagte Lia: „Ich bringe dich in den Kindergarten". Ich gehorchte und sie führte mich zu einem Baum. Lia ließ mich im eingebildeten Kindergarten zurück und sagte: „Mama muss arbeiten, Mama kommt bald". Sie lief zu einem Fahrrad, das ein kleiner Junge unbeaufsichtigt abgestellt hat.

Nina wurde müde. Sie brauchte ihre Mittagsruhe. Deshalb holte Nick den Kinderwagen aus dem Auto und legte sie hinein. Ich setzte mich zu Nina. Es dauerte nicht lange bis sie im Wagen eingeschlafen war.

Nick ging mit Lia zur Schaukel. Ich blieb auf der Bank unter dem Baum sitzen, um auf Nina aufzupassen. Die Sonne hatte sich hinter den Wolken verborgen, der Wind wehte ganz leicht, die gelben Blätter fielen langsam zu Boden, Nina atmete gleichmäßig, und ab und zu hörte ich Lias und Nicks Lachen…

Es war wirklich schön in Bad Homburg und das habe ich meinem Sohn auch gesagt, als wir nach Frankfurt zurückkehrten.

24. November 2009

Nina bekommt einen neuen Puppenwagen

Lia und Nina streiten oft um einen Puppenwagen. Also sollte ein zweiter angeschafft werden. Lata ging mit Lia ins Kaufhaus. Gemeinsam wählten sie einen schönen Puppenwagen für Nina aus.

Als Lata mit der kleinen Nina aus der Krabbelstube kam, sagte sie: „Lia, zeig Nina, was du für sie gekauft hast!"

Lia brachte das Paket ins Zimmer und Lata entfernte das Packpapier. Lia nahm den Wagen und setzte ihre Puppe Ketty hinein. Nina eilte zu Lia und versuchte, den Puppenwagen in Besitz zu nehmen. Doch Lia gab nicht nach und stieß die kleine Schwester zur Seite.

„Aber, Lia, du hast den Puppenwagen für Nina gekauft. Du hast doch selber einen!", sagte Lata und holte Lias eigenen Puppenwagen.

Lia griff zwar danach, wollte aber den neuen nicht loslassen. Nina brach in Tränen aus. Also musste Lata sich einmischen. Sie gab Nina den Puppenwagen. Da begann Lia zu weinen und herzzerreißend zu rufen: „Ketty, Ketty!"

Lata nahm die Puppe und setzte sie in Lias Wagen. Lia schluchzte kurz auf, aber einige Minuten später fing sie an, in ihrer kleinen Küche ein Brötchen zu backen. Nina wollte auch sofort ein Brot backen.

Doch die Spielküche war zu klein für beide Kinder und der Streit begann von vorne.

8. Dezember 2009

Wie aus der großen Schwester Lata wird

Problematisch für Lata sind die Beziehungen zwischen ihren Töchtern. Sie versucht, bei Lia Verständnis dafür zu wecken, dass Nina ihre kleine Schwester ist und sie zusammenspielen sollen.

Natürlich mag Lia ihre Schwester, umarmt und küsst sie manchmal, aber als Nina ihr die Puppe wegnimmt, verschwindet Lias Zuneigung sofort, und sie verhält sich ziemlich grob: Sie entreißt Nina die Puppe und schlägt ihre Schwester. Daraufhin weint Nina laut.

Nachdem sich ähnliche Situationen wiederholt hatten, führte Lata ein ernstes Gespräch mit Lia: „Lia, es ist ein großes Glück, dass du eine kleine Schwester hast. Ich habe auch eine kleine Schwester und ich bin sehr glücklich, dass Irina meine kleine Schwester ist. Es ist wirklich wunderbar, eine kleine Schwester zu haben. Irina ist auch sehr glücklich, dass ich ihre große Schwester bin. Als wir noch Kinder waren, hat Irina sich immer gefreut, dass ich ihre große Schwester war".

Lia überlegte, und dann sagte sie: „Mama, und was bist du jetzt? Bist du jetzt Lata geworden?"

10. April 2010

Lia verteidigt Oma

Auf der Straße oder im Park macht Lia manchmal Dinge, die Lata nicht gefallen oder die sie gefährlich findet. Lia könnte in den Teich fallen oder einen fremden Hof betreten. In solchen Fällen zeigt Lata auf irgendein Schild und sagt: „Hier steht geschrieben, dass die Kinder dieses oder jenes nicht dürfen." Geschriebene Worte haben eine magische Wirkung auf Lia und sie gehorcht sofort.

Neulich waren Latas Cousine und ihr Mann zu Besuch. Wir gingen zusammen spazieren. Unterwegs spielten Lia und ich Blindekuh. Mein Sohn ärgerte sich darüber: „Jetzt ist keine Zeit zu spielen, ihr müsst schneller gehen", sagte er ziemlich streng zu mir.

Lia ging zu Nick, zeigte ihm ein Schild an der Kreuzung und sagte: „Hier steht geschrieben, du darfst nicht mit der Oma schimpfen."

08. Juli 2010

„Wie heißt dein Mann?"

Lata hat mich angerufen, es war ziemlich spät. Lia konnte nicht einschlafen und kam dazu.

„Was willst du? Willst du auch mit Oma sprechen?" Lata gab Lia den Hörer.

„Was machst du?", fragte Lia mich.

„Ich bin im Bett und schlafe gerade ein", sagte ich in der Hoffnung, dass meine Enkelin meinem Beispiel folgen würde.

„Wie heißt dein Mann?", stellte Lia eine für mich ganz unerwartete Frage. Ich war verwirrt und wusste nicht, was ich antworten sollte. Endlich sagte ich: „Ich habe keinen Mann".

Ich wollte herausfinden, ob Lia die Bedeutung des Wortes *Mann* versteht und fragte sie: „Wie heißt Mamas Mann?" – „Nick", antwortete Lia sofort.

Lata mischte sich in unsere Unterhaltung ein: „Lia, hast du einen Mann?" – „Ja!" – „Wie heißt er?" Lia überlegte kurz und sagte: „Nina".

„Aber Nina ist doch deine Schwester. Wie heißt dein Mann?" Lia überlegte wieder. „Ich weiß es nicht".

„Es ist unmöglich, warum weißt du das nicht?"

„Ich frage ihn, wenn er kommt: Wie heißt du?" antwortete Lia.

20. August 2010

Vorbereitung zum Geburtstag

In Münster habe ich zu Lias viertem Geburtstag eine Tasse mit der Inschrift „Happy Birthday" gekauft und nach Frankfurt mitgebracht. Zwei Tage vor Lias Geburtstag war ich da. Am gleichen Abend haben Lata und Nick meine Anwesenheit ausgekostet und sind ins Restaurant gegangen. Ich war alleine mit den Kindern zu Hause. Anfangs haben beide Mädchen friedlich mit Bauklötzen gespielt. Dann hat Lia beschlossen, den Geburtstag von Nina zu feiern und angefangen, in ihrer kleinen Küche eine Torte zu backen.

„Heute ist dein Geburtstag", hat sie streng zu ihrer kleinen Schwester gesagt, „du musst den Tisch decken".

Aber Nina hörte Lia nicht zu, also hat Lia selbst ein Tuch auf ihren kleinen Tisch gelegt und vier Teller darauf gestellt: einen für mich, zwei für sich und Nina und noch einen für ihre Tochter – die Puppe Ketty. Dann stellte sie in die Mitte des Tisches die frisch gebackene Torte, eine Spieltorte aus Holz, die man in sechs Stücke teilen kann. Sie steckte zwei Holzkerzen hinein und fing an, „Happy Birthday" zu singen. Schließlich verteilte sie die Torte an alle Gäste und begann, uns zu bedienen. Sie nahm den Löffel und wollte ihn dem Geburtstagskind in den Mund schieben, aber Nina protestierte heftig. Da wurde Lia wütend und schrie: „Nina, heute ist dein Geburtstag, du musst die Torte probieren!" Nina verstand ihre ältere Schwester nicht und fing an zu weinen. Sie wollte bei ihrer Mutter Schutz suchen, doch als sie Latas Abwesenheit realisierte, weinte sie noch lauter.

„Lia, gib mir die Torte, ich will sie probieren", sagte ich und machte den Mund auf, aber Lia war so beleidigt darüber, dass ihre kleine Schwester sich weigerte ihre mühevoll gebackene Torte zu essen, dass sie auch laut zu weinen begann.

Ich rief Lata an, um sie zu bitten, so schnell wie möglich zurück zu kommen. Es schien mir unmöglich, gleichzeitig zwei weinende Kinder zu beruhigen. Ich nahm die schreiende Nina auf den Arm und ging mit ihr zum offenen Fenster.

„Nina, deine Mama kommt schon. Komm, Lata, komm, Nina wartet auf dich!", rief ich. Nina beruhigte sich ein bisschen. Lia hatte mein Rufen auch gehört. Sie kam zum Fenster und schaute auf die Straße. Ich rief weiter: „Lata, Lata, warte, warte, jetzt ist die Ampel rot, du musst warten bis das grüne Licht kommt. Nick, warte du auch!"

Lia hörte zu weinen auf und wiederholte: „Mama, warte! Warte! Du musst auf das grüne Licht warten!" Sie lachte sogar. Und Nina? Nina macht immer alles ihrer älteren Schwester nach. Also lachte sie auch und ich bedauerte, Lata so früh angerufen zu haben.

22. August 2010

Lias vierter Geburtstag

In der letzten Zeit schwärmt Lia für Winnie Puh und wir haben zu ihrem vierten Geburtstag die entsprechenden Geschenke gekauft. Ich besorgte ein kleines Winnie Puh-Kuscheltier, Lata eine Trommel und Nick ein Bilderbuch mit Winnie-Puh Abenteuern. Der Tisch war gedeckt, Geschenke und Kuchen warteten auf Lia am Morgen ihres Geburtstags, dem 22. August 2010. Nachdem wir für sie „Happy Birthday to you" gesungen hatten, packte Lia die Geschenke aus, zuerst den Kuschelbären. „Oh, der ist aber klein", sagte sie. „Aber er kann ja noch wachsen", tröstete ich Lia. Auch die Trommel hat Lia nicht so begeistert, wie wir es gehofft hatten. Nur das Bilderbuch faszinierte sie, und Lia begann sofort, es anzuschauen. „Ich habe auch eine kleine Trommel für Nina gekauft", sagte Lata und gab Nina ihr Geschenk.

Jetzt wollten die Schwestern mit den Trommeln marschieren. Plötzlich hatte Lia die Idee, ein Winnie Puh Abenteuer zu spielen. Sie wollte Christopher Robin sein. Ich musste Winnie Puh spielen und ging ins Kinderzimmer, um Rabbit zu besuchen, aber Nina wollte nicht Rabbit sein. Also bewirtete ich mich selbst und aß so viel Honig, bis ich ganz dick war und fest im Ausgang des Rabbit-Hauses steckte. Ich saß unbeweglich im Sessel.

Die Kinder gingen in den Flur, dann kamen sie zusammen zu mir und Lia erklärte: „Ich bin der Junge Christopher Robin und Nina ist das Mädchen Christopher Robin. Jetzt helfen wir dir." Die zwei Christopher Robins fassten mich an, Lia meine rechte Hand, Nina die linke. Sie zogen an mir, aber vergeblich. Dann sagte Lia: „Du musst warten." – „Wie lange muss ich warten?", fragte ich ängstlich. „Bis du dünn bist", sagte Christopher Robin, der Junge.

Daraufhin rief Lia ihre eingebildeten Freunde – Ferkel und all die anderen, und zusammen versuchten sie, Winnie Puh zu befreien, dieses Mal mit Erfolg. Ich fiel zu Boden, Lia beugte sich über mich. Sie streichelte mir den Kopf und sagte zärtlich: „Ach, du dummer kleiner Bär". Am Abend freute ich mich sehr, als ich sah, dass Lia mit dem kleinen Winnie Puh Kuscheltier im Arm eingeschlafen war.

11. Oktober 2010

*David und Goliath

Lia mag gerne Bibelgeschichten. Sie kennt schon die Geschichten von Adam und Eva, Kain und Abel und auch die von Noah und seiner Arche.

In einem Buchladen in Münster fand ich ein sehr schön illustriertes Buch mit der Geschichte von David und Goliath. Ich kaufte es sofort und nahm es mit nach Frankfurt – bald schon wurde es zu Lias Lieblingsbuch.

Jedes Mal, wenn ich nach Frankfurt komme, fordert Lia mich auf, ihr aus diesem Buch vorzulesen. Auch Nina hört mir aufmerksam zu, besonders dann, wenn ich versuche, wie Goliath zu sein und brülle: „Wo ist euer bester Mann? Wer wagt es, gegen mich anzutreten?!"

Einmal schlug Lia mir vor, David und Goliath zu spielen. „Gut, ich werde Goliath sein", antwortete ich ihr, begeistert von dieser Idee, „und du – David!" Lia war einverstanden und bereitete sich zum Kampf gegen Goliath vor: In ihren Spielsachen fand sie einen kleinen, weichen Ball, mit dem sie sich anstatt der Steinschleuder bewaffnete.

Ich ging in die Mitte des Zimmers, trommelte mir mit den Fäusten auf die Brust und brüllte: „Wer wird gegen mich antreten? Es soll nur einer kommen, dem werde ich's zeigen!"

Lia sprang aus dem Flur ins Zimmer, baute sich vor mir auf und rief so laut sie konnte: „Ich, ich! Ich werde mit dir kämpfen!" – „Du? Duuu? Ha, ha, ha!", lachte ich so höhnisch wie ich nur konnte.

Der kleine David nahm seine Steinschleuder aus der Tasche, warf den weichen Ball mit ganzer Kraft und rief: „Peng"! Der Ball traf mich an der Hand und ich fiel unter lautem Stöhnen auf den Teppich.

„Hurra!", rief Lia, „Hurra!" Dann kam sie zu mir und fragte: „Willst du mein Freund sein?"

Selbstverständlich wollte ich das.

David half mir aufzustehen und nahm mich mit ins „Haus". Wir gingen ins Kinderzimmer, wo Lia anfing, auf dem Herd ihrer kleinen Küche eine Pizza für ihren neugewonnenen Freund Goliath zu backen.

15. Januar 2011

*Der Hund spricht georgisch, bellt aber deutsch

Manchmal spielen wir Theater. Lia ist immer Autorin, Regisseurin und Hauptdarstellerin des Theaterstücks und ich bekomme die Rolle des verliebten Prinzen.

Der Inhalt unseres Theaterstückes entspricht einigermaßen dem Standard: Im Schloss wohnt eine wunderschöne Prinzessin. Der Prinz besucht sie jeden Tag und schenkt ihr unzählige Geschenke: herrliche Blumen, goldene Armbänder, Ringe, Ketten und was nicht sonst noch alles. Die hartherzige Prinzessin aber würdigt ihn keines Blickes. Sie spielt nur mit ihrem kleinen Hund.

Selbstverständlich ist Lia die Prinzessin und Nina der Hund. Man muss dazu sagen, dass Nina eine ausgezeichnete Schauspielerin ist und einen Hund zum Verwechseln gut darstellt. Sie bellt, leckt Lias ausgestreckte Hand und beißt den armen Prinzen – besonders wild dann, wenn er sich der Prinzessin zum Küssen nähert.

Das Stück endet mit der Hochzeit. Lia und Nina haben im Fernsehen die Hochzeit des königlichen Paares von Monaco gesehen und spielen die Zeremonie leidenschaftlich nach.

Einmal stellte Nina sich stur: Sie wolle nicht mehr der Hund sein. „Ich will auch die Prinzessin spielen!", verkündete sie. Zu meiner Überraschung war Lia bald mit ihrer kleinen Schwester einverstanden und verwandelte sich in einen Hund: Sie ging auf allen Vieren und fing an, mich anzubellen. Ich – der Prinz – reichte der Prinzessin eingebildete Blumen und bot ihrem Hund als Knochen ein Stück Apfel an. Der Hund aber wollte den Knochen nicht, schüttelte den Kopf und sagte: „Ara!", was auf Georgisch „nein" bedeutet.

„Oh, liebe Prinzessin, spricht dein Hund georgisch?", fragte ich überrascht.

„Ja", antwortete mir Nina und fügte hinzu: „Er bellt aber deutsch."

13. März 2011

Mathematikstunde

Einmal habe ich versucht, unser Theaterspiel in Unterricht zu verwandeln und habe Lia vorgeschlagen: „Die Prinzessinnen gehen auch in die Schule. Du musst Mathematik studieren. Nimm das Heft und geh!" Lia gehorchte. Sie setzte sich mit aufgeschlagenem Heft an den Tisch. Diesmal spielte Nina die Rolle der Katze und setzte sich zu Lia.

„Liebe Prinzessin, du hast einen Apfel und dein Diener hat dir noch einen gegeben. Wie viele Äpfel hast du jetzt?", habe ich in der Rolle der Lehrerin Lia gefragt. Sie drückte zuerst einen, dann noch einen Finger herunter, guckte auf ihre Hand und antwortete: „Zwei!"

Ich war zufrieden mit dieser Antwort und fragte weiter: „Du hast drei Eiskugeln und gibst deiner Katze Nina zwei, wie viel hast du jetzt?" Lia schloss wieder ihre Finger und überlegte.

„Eine!", schrie die Katze und Lia ärgerte sich.

„Du bist die Katze, du darfst nicht sprechen", herrschte sie Nina an. „Ich will nicht mehr spielen!" Lia weinte fast, sprang vom Platz und ging zur Tür. Sie war beleidigt, dass Nina schneller als sie die Antwort gefunden hatte.

„Dzin, dzin, dzin, liebe Prinzessin, die Mathematikstunde ist schon vorbei. Der Prinz wartet auf sie." Ich nahm die Blumen aus der Vase und stellte mich vor die Tür. Aber es war nicht so einfach, das Herz der Prinzessin zu gewinnen. „Du musst auch Mathematik studieren", forderte sie den Prinzen auf und er war gezwungen, sich an den Tisch zu setzen. Dann wurde Lia zur Lehrerin und fragte den Prinzen: „Du hast zwei Äpfel und der König hat dir noch zwei gegeben. Wie viele hast du jetzt"? Ich wartete bis Lia selbst die richtige Antwort gab.

Nach der Mathematikstunde verwandelte sich der Tisch in einen Altar, die Katze wurde zum Pfarrer und fragte mich: „Willst du, Prinz, die Prinzessin heiraten?"

Ich gab mein Jawort und auch meine zukünftige Frau willigte ein. Nach der Hochzeit setzten wir uns in die Sofa-Kutsche und fuhren durch die Menge unserer Untertanen, die uns mit voller Begeisterung begrüßten, während wir ihnen Luftküsse und Lächeln zuwarfen.

10.September 2011

Nina Abuladze

Lia ist immer neugierig und will die Welt begreifen.

Einmal fragte sie ihre Mutter: „Wer dichtet die Märchen? Wer schreibt die Bücher?"

„Die Schriftsteller", antwortete Lata. „Viele Märchen, die ich euch vorgelesen habe, haben zum Beispiel die Brüder Grimm gesammelt und aufgeschrieben. Siehst Du, da steht es: Grimms Märchen", sagte Lata. „Übrigens schreibt auch eure Oma Bücher."

Lia und Nina waren überrascht, und um den Kindern ihre Rede zu beweisen, zeigte Lata ihnen das „Lehrbuch der georgischen Sprache".

„Hier steht Omas Name – Lia Abuladze. Oma heißt auch Lia, wir haben dich Lia genannt, weil Oma Lia heißt", sagte Lata zu Lia.

„Und hier ist noch ein anderes Buch, das hat auch Oma geschrieben", Lata zeigte den Kindern das Buch „Grundwortschatz Georgisch".

„Hier steht auch ‚Lia Abuladze' geschrieben".

„Nein, nein", protestierte Nina, „hier steht Nina Abuladze".

„Nein, Oma heißt Lia, nicht Nina. Nina hieß die Großmutter von Nick. Deshalb nannten wir dich Nina."

„Nein, nein!", Nina war beleidigt und fing an zu weinen. „Oma heißt Nina Abuladze!"

29. Oktober 2011

*Nina, die Realistin

I

Während der seminarfreien Zeit bleibe ich länger in Frankfurt und nehme am alltäglichen Leben der Familie teil.

Einmal holte ich Lia und Nina vom Kindergarten ab. Auf dem Weg hatte ich etwas Schwierigkeiten, mit den Kindern Schritt zu halten – sie liefen zu schnell und ich war schon ziemlich weit zurückgeblieben. Schließlich konnte ich sie an einer Ampel einholen und schlug vor, ihnen ein Märchen zu erzählen. Wie ich erwartet hatte, waren beide sofort einverstanden und spitzten die Ohren.

„Es waren einmal zwei wunderschöne Mädchen, die in einem Königreich wohnten. Eines Tages feierte der König in seinem Schloss ein Fest und lud die beiden gemeinsam mit ihrer Oma ein. Alle drei waren prächtig angezogen. Die ältere Schwester hatte ein langes blaues Kleid, und die Kleine ein ...“

„Rosanes“, unterbrach mich Nina und fügte rasch hinzu: „Und sie hatte auch rosa Schuhe an – mit Absätzen.“

„Oh, wie schön“, fuhr ich fort, „und ich, die Oma“, enthüllte ich meine Person, „trug ein grünes Kleid“.

„Deine Lieblingsfarbe“, bemerkte Lia.

„Wir gingen in den Festsaal“, erzählte ich weiter, „die Söhne des Königs erblickten die beiden schönen Mädchen, waren sofort bezaubert und forderten sie zum Tanz auf. Der König jedoch kam zur mir und sagte: ‚Oh, Madame, eine so schöne Frau wie Sie habe ich in meinem ganzen Leben noch nicht gesehen, dürfte ich Sie zum Tanz bitten?‘“

Nina schaute erstaunt zu mir, betrachtete mich skeptisch und sagte schließlich:

„Aber, Oma, du bist doch sooo hässlich...“

04. November 2011

Die Kinder sind mit Malen beschäftigt, als ich in ihr Zimmer komme: „Was macht ihr, malt ihr? Oh, was habt ihr da für ein schönes Kleid gemalt! In meinem ganzen Leben habe ich nie ein so schönes Kleid gehabt. Kauft ihr so eins für mich, wenn ihr groß seid?", frage ich.

Lia schaut mich an und nickt.

„Aber dann wirst du doch schon tot sein!", macht mir die Realistin Nina Hoffnung.

20. Dezember 2011

Nina will ein armes Kind sein

Vor Weihnachten sagte die Erzieherin zu den Kindern im Kindergarten: „Auf der ganzen Welt wohnen Kinder, die so arm sind, dass sie keine Kleidung haben und keine Geschenke zu Weihnachten bekommen. Deshalb sammeln wir Kleidung, Süßigkeiten und Spielzeuge für diese Kinder und schicken ihnen Pakete. Ihr könnt auch Spielzeuge und Süßigkeiten für arme Kinder von zu Hause mitbringen."

Lia und Nina begannen, zusammen mit ihrer Mutter eifrig Pakete zu packen.

Lata kaufte Kartons, einen großen für Lia und einen etwas kleineren für Nina. Dann öffnete sie den Kleiderschrank und holte einige Kleider heraus, die ihren Töchtern nicht mehr passten.

Zu den Kleidern packte sie auch Spielzeuge und Süßigkeiten, die sie extra für die armen Kinder gekauft hatte. Lia und Nina halfen auch dabei mit.

Endlich waren beide Kartons voll. Lata schlug die Pakete in buntes Papier ein, und sie sahen sehr schön aus.

Die Kinder waren hingerissen, und Nina äußerte begeistert ihren Wunsch:

„Mama, ich will auch ein armes Kind sein!"

21. Februar 2012

„… und Liebe"

Lata war unterwegs mit dem Auto. Nach der Arbeit wollte sie Brot für das Abendessen kaufen, danach Lia und Nina vom Kindergarten abholen und sie in die Ballettschule bringen. Weil es ziemlich spät war, parkte sie direkt vor der Bäckerei im Halteverbot. Natürlich hoffte sie, dass kurzes Parken keine Rolle spielte.

Doch als Lata mit dem Brot zurück zum Auto kam, klemmte ein Strafzettel hinter dem Scheibenwischer und sofort war ihr die Laune verdorben. Den ganzen Abend war sie immer wieder ärgerlich, wenn sie an die Folgen dachte.

Als Lata die Kinder ins Bett brachte, sorgte sie sich, dass sie ihre Tochter mit ihrer schlechten Laune belastet haben könnte und sagte, um sie oder sich selbst zu trösten:

„Geld und ähnliche Sachen spielen im Leben keine große Rolle. Wichtig ist, dass wir alle gesund sind. Die Hauptsache ist die Gesundheit".

Lia beugte sich aus ihrem Hochbett, schaute Mama an und ergänzte:

„… und die Liebe!"

29

20. März 2012

Die Kinder malen

Die Kinder wollen malen und rufen mich: „Oma, malen…" Ich betrete das Kinderzimmer, sie sitzen schon am Tisch. Ich nehme den Bleistift, und wir sagen gemeinsam:

„Punkt, Punkt, Komma, Strich, fertig ist das Mondgesicht".

Inzwischen habe ich nicht nur das „Mondgesicht", sondern auch die Arme und Beine des merkwürdigen Wesens gezeichnet.

Lia will weiter malen. Sie nimmt einen schwarzen Buntstift und sagt zu unserer gezeichneten Figur: „Du musst eine Unterhose anziehen!", aber die Figur weigert sich, sich anzuziehen und beginnt zu weinen: „Ich will das nicht." Natürlich spiele ich die Figur. Dann wechsele ich die Rollen und sage streng: „Du musst dich anziehen, es ist kalt, und Lia hat auch eine Unterhose an!"

„Nina auch", sagt Nina und zeigt ihre weiße Unterhose. „Nina auch", wiederhole ich. Lia malt die Unterhose und nimmt jetzt einen blauen Stift, um ein Kleid zu malen.

Dann sind die Haare der Figur an der Reihe. Haare sind immer wichtig, weil sie helfen, die gemalte Figur zu identifizieren: Ist es ein Junge oder ein Mädchen? Lia malt lange schwarze Haare und ich erkenne: Das Wesen ist nicht nur ein Mädchen, es ist Lia selbst.

„Oh, was für ein schönes Mädchen!", lobe ich Lia.

Jetzt will auch Nina gemalt werden. Wieder sprechen wir gemeinsam. Dieses Mal malt Nina das Kleid und Lia weint statt der kleinen Figur, die sich heftig weigert, angezogen zu werden, aber natürlich helfen ihr die Proteste nicht. Zum Schluss malt Nina braune Haare, ein bisschen kürzer als Lia sie gemalt hat, und das Bild von den zwei schönen Schwesterchen ist fertig.

3. Juni 2012

„Prinz aus ganz Swanetien"

In der letzten Zeit beschäftigt sich Lia viel mit Geographie. Ihr Vater hat ihr einen Kinderglobus gekauft und zeigt Lia die Kontinente, die Länder und Ozeane.

Besondere Aufmerksamkeit schenkt Lia den asiatischen Ländern: Indien, Iran, Japan, China. Wenn ich den Kindern ein Märchen erzähle, das ich selbst verfasst habe, erwähne ich auch die verschiedenen Länder.

Lata ist in Swanetien geboren und aufgewachsen, einem kleinen gebirgigen Teil Westgeorgiens. Sie erzählt den Kindern viel über ihre Heimat.

Einmal erzählte ich den Kindern ein Märchen. Meistens geht es in meinen Märchen um zwei schöne Prinzessinnen. Dieses Mal wollte ich möglichst viele Namen der verschiedenen Länder erwähnen, deshalb erzählte ich von einem Ball im Schloss, wo die Prinzen zwei Königstöchter besuchten. Der Hofmeister des Königreiches rief:

„Prinz aus Großbritannien!
Prinz aus Schweden!
Prinz aus Frankreich!
Prinz aus Spanien!"

Lia war gespannt aus welchem Land noch ein Prinz kommen konnte und dann rief sie selbst:

„Prinz aus ganz Australien!
Prinz aus ganz Indien!
Prinz aus ganz China!"

Lias Augen funkelten. Ihre Stimme wurde lauter und lauter und endlich schrie sie aus vollem Hals:

„Prinz aus ganz Swanetien!"

Ich krümmte mich vor Lachen.

Lia nahm sofort die komische Seite dieser Szene wahr und lächelte ebenfalls. Nina wartete auf die Fortsetzung des Märchens, doch dann musste sie auch lachen.

31. August 2012

Nina spioniert

Wir sind in Tbilissi. Heute haben wir den ganzen Tag unsere Verwandten besucht und am Abend sind die Kinder sehr müde, aber trotzdem wollen sie nicht schlafen. Nach dem ereignisreichen Tag wollen sie nicht sofort ins Bett, und bitten die Mutter, weiter spielen zu dürfen. Weil es schon so spät geworden ist, verneint Lata das. Lia wendet sich diplomatisch an mich und fragt: „Oma, kannst du uns ein Märchen erzählen?" Diese Bitte kann ich Lia nicht abschlagen. Endlich ist Lata auch einverstanden und sagt: „Nur ein sehr kurzes Märchen, und dann ist Schluss!"

Lia und Nina liegen schon im Bett. Ich setze mich daneben und beginne, ein Märchen zu erzählen. Nach fünf Minuten bin ich fertig. „Oma, Oma, bitte, erzähle weiter", bettelt Lia. „Nein, was soll ich noch erzählen? Ich habe schon erzählt, dass der Prinz dieses arme Mädchen heiratete." – „Bitte, bitte, ein neues Märchen!" – „Gut, aber ich erzähle wieder ein ganz, ganz kurzes Märchen." Lia ist einverstanden und ich beginne: „In einem Königreich wohnten zwei schöne Prinzessinnen…"

Nina wird unruhig. „Nina, wenn du aufs Klo willst, warten wir auf dich, und ich erzähle nicht weiter."

Nina geht aus dem Zimmer und kommt nach einer Minute zusammen mit ihrer Mutter zurück. „Was? Ihr habt ein zweites Märchen angefangen?" Lata scheint verärgert zu sein. Was soll ich sagen? Alles ist klar, Nina hat spioniert.

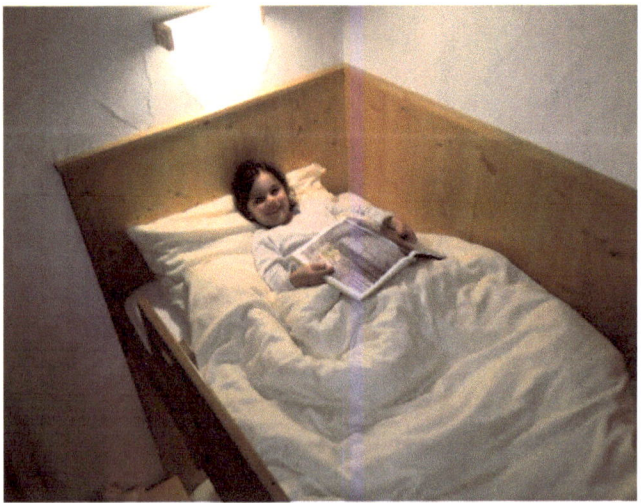

22. November 2012

„Eifersüchtig"?

Lata las den Töchtern ein Märchen vor.

„Die Stiefmutter war eifersüchtig, weil ihr Mann seine Tochter über alles liebte."

„Was ist das? Eifersüchtig?" fragte Lia. Nina wollte auch wissen, was das Wort bedeutet.

Lata versuchte, es den Töchtern an einem Beispiel zu erklären: „Lia, du warst auch eifersüchtig: Als Nina klein war und ich sie stillte oder einfach auf den Armen trug, bist du sofort zu mir gelaufen und wolltest, dass ich dich auch auf die Arme nahm. Und Nina ist heute auch noch eifersüchtig: Wenn ich dich umarme, kommt sie sofort zu mir und will, dass ich sie küsse. Habt ihr verstanden?"

„Ja", antworteten die Schwestern einstimmig, und Lata las das Märchen weiter.

Die Kinder waren schon in Bett, und Lata dachte, dass sie bereits schliefen. Doch da hörte sie Lias leisen Ruf: „Mama, Mama!"

„Was ist los, Lia, schläfst du nicht?", fragte Lata flüsternd, um die kleinere Tochter nicht zu wecken.

„Mama, warum sagst du zu Nina ‚mein Mäuschen'?"

„Ah, Schatz, ich nenne dich auch manchmal mein Mäuschen. Du bist doch auch mein kleines Mäuschen, oder?"

„Nein, Mama, du musst sagen: Du bist eifersüchtig", erwiderte Lia.

3. März 2013

Eine knauserige Nina

Bald wird Nina fünf Jahre alt und bald geht Lia in die Schule.

Heute will Lata mit den Kindern ein bisschen Mathematik üben. Sie fragt: „Lia, stell dir vor, dass du zwei Äpfel hast und ich habe dir noch zwei dazu gegeben. Wieviel Äpfel hast du dann?" Lia guckt auf ihre Finger, dann zählt sie zwei und noch zwei und antwortet: „Vier!"

„Richtig, gut! Jetzt stell dir vor, dass du zwei Eiskugeln hast, dann kommt Nina und du gibst ihr eine Kugel, wieviel Kugeln bleiben dir noch?" Lia guckt auf ihre Finger und flüstert etwas, dann antwortet sie wieder richtig.

Ich will für Lia die Aufgabe schwieriger machen und frage sie: „Bald ist Ninas Geburtstag. Die Gäste kommen und du verteilst die Muffins unter den Gästen. Sofia hat schon einen Muffin gegessen und will noch einen. Du gibst ihr …"

„Nein, nein", protestiert Nina, „jeder darf nur einen Muffin essen." – „Aber, Nina, wenn Sofia noch einen Muffin essen will…" – "Nein!", sagt Nina energisch. „Aber wenn sie weint und bettelt, sie ist doch dein Gast!" Und die Gastfreundschaft der Georgier ist doch weltweit bekannt, denke ich bei mir.

Endlich ist Nina einverstanden, Sofia noch einen Muffin zu geben.

Ich will die Aufgabe noch komplizierter machen und sage zu Lia: „Danach gibst du dem Karl…"

„Einen Muffin!", schreit Nina so laut wie sie nur schreien kann und mir bleibt nur ergeben zu wiederholen: „Einen Muffin".

20. Oktober 2013

Welcher Zwilling lügt?!

Lia geht morgens mit Papa in die Schule. Um 15 Uhr holt Mama sie ab.

In Lias Schule sind zwei Brüder – Zwillinge.

Einmal, als Lia mit Mama unterwegs war, begegneten sie einem der beiden Zwillinge. „Hallo, Lia", grüßte er. „Hallo", antwortete Lia. „Mein Bruder ist in dich verliebt", sagte er. Lia tat so, als wenn sie den Worten des Jungen keine Aufmerksamkeit schenkte.

„Hallo, Lia", grüßte ein zweiter, gleichaussehender Junge. „Hallo", antwortete Lia. „Dein Bruder hat gerade gesagt, dass du in mich verliebt bist."

Der Junge errötete, ballte die Fäuste und äußerte heftig: „Er lügt, er ist selbst in dich verliebt!"

Wie kann Lia jetzt erfahren, wer sie liebt?! Wahrscheinlich ist es auch egal, weil man die Brüder sowieso nicht unterscheiden kann.

2. November 2013

Wer bin ich?

Wir fahren nach Würzburg, um Latas Schwester und deren Familie zu besuchen. Ich sitze hinter dem Fahrer, Nina sitzt neben mir und fragt:

„Oma, als du eine Frau warst, konntest du da Auto fahren?"

„Was? Als ich eine Frau war?", frage ich zurück, mit Erstaunen in der Stimme.

Nina versteht, dass ihre Frage falsch formuliert ist und wiederholt diese anders:

„Als du eine Mutter warst…"

Aber ich bin doch noch eine Frau und eine Mutter, oder?

28. April 2014

„Ohne Fehler" schlafen?!

Bald kommt Nina in die Schule. Die Vorschulkinder sollen im Kindergarten übernachten.

Die Mutter von Ninas Freundin schlug Lata vor, Nina einmal bei ihnen übernachten zu lassen, um auszuprobieren, ob Nina es schafft, nicht in ihrem eigenen Bett zu schlafen.

Lata glaubte nicht daran, dass Nina es schaffen würde, bei ihrer Freundin Isabel zu übernachten. Aber Nina war total begeistert.

Die ganze Woche war sie mit den Vorbereitungen zur Übernachtung bei Isabel beschäftigt. Sie packte ihren Rucksack mit ihren eigenen Sachen: Nachthemd, Zahnbürste und das Bilderbuch, das sie vor dem Einschlafen las, und wartete ungeduldig auf den Freitag.

Am Freitagabend holte Isabels Mutter Nina ab. Nina verabschiedete sich von uns und ging fröhlich zu Isabel.

Lata war ein bisschen aufgeregt, weil es wirklich das erste Mal war, dass Nina ohne sie übernachtete. Sicherheitshalber nahm Lata ihr Mobiltelefon mit ans Bett. Zu unserer Überraschung hat in dieser Nacht niemand angerufen. Nach dem Frühstück holte Nick Nina ab.

Als sie nach Hause kamen, standen alle um Nina herum und überschütteten sie mit Fragen: „Wie war es? Wie hast du geschlafen? Hast du Mama vermisst?"

„Ich habe ‚ohne Fehler' geschlafen", antwortete Nina stolz.

So ist dieses kleine Persönchen, sie will immer perfekt sein und alles fehlerlos machen. Ob sie das in ihrem weiteren Leben schafft, bezweifle ich.

Ich hoffe für sie und wünsche ihr, dass sie mit kleinen und großen Problemen fertig werden kann – selbst wenn sie mal einen ‚Fehler' machen sollte.

26. August 2014

Ferien in Georgien

Es ist Sommer und Lia hat Ferien. Anna, die kleine Schwester ist drei Monate alt, und Lata genießt ihren Urlaub. Nina kommt im Herbst in die Schule. Nick hat auch zwei Wochen von seiner jährlichen Urlaubszeit bekommen, also planen sie, nach Georgien, in ihr Heimatland zu fahren.

Im Juli ist es in der Hauptstadt Georgiens Tbilissi sehr warm und die Familie beschloss, nach Bakuriani zu fahren, einem Kurort in den Bergen.

Sie wohnten fast vier Wochen in einer Ferienwohnung. Der Großvater aus Tbilissi besuchte die Familie. Er sieht die Kinder nur selten und wollte ihnen etwas Besonderes bieten. Also fand er einen Mann, der Reitpferde vermietete. Lia und Nina waren begeistert. Jeden Tag gingen sie mit dem Großvater auf den Hof dieses Mannes, und die Kinder verbrachten eine Stunde auf dem Rücken der Pferde: Lia ritt auf einem braunen Pferd, Nina auf einem weißen.

Dann kam die Zeit zur Abreise. Am letzten Tag konnte Lia lange nicht einschlafen. Sie ging zu Lata, die mit der kleinen Anna beschäftigt war, und sagte: „Mama, ich will nicht wegfahren, ich bleibe hier." – „Aber wir fahren doch alle morgen und fliegen wieder nach Deutschland, nach Hause." – „Ich will nicht fliegen. Ich will hier bleiben", wiederholte Lia. „Wie, alleine, ohne uns?" – „Ja!" – „Aber was machst du alleine, wie wirst du hier alleine leben?" – „Ich heirate den Mann, dem die Pferde gehören. Wenn er stirbt, sind seine Pferde meine Pferde, nicht wahr?"

Solche Gedanken macht Lia sich über ihre Zukunft – ein vernünftig denkendes Mädchen?!

2. November 2014

„…aber Nina weint"

Zum Abendessen hatte Lata Fischstäbchen und Kartoffeln gebraten und verteilt. Jede bekam zwei Stäbchen und so viele Kartoffeln, wie sie wollte.

Ich hatte Hunger und aß meine Portion ziemlich schnell auf, Lata ebenfalls. Nina aß nur die Fischstäbchen und sagte: „Noch mehr" – „Aber du hast noch einen vollen Teller", sagte Lata. „Das sind nur Kartoffeln, ich will noch mehr Fischstäbchen".

„Wir haben aber keine mehr, es tut mir leid, du musst die Kartoffeln essen." – „Schade, dass ich meine Stäbchen so schnell gegessen habe", sagte ich, „sonst würde ich sie dir geben". „Nein, nein", sagte Lata, „jede hat eine gleiche Portion bekommen, ich habe alles richtig verteilt. Die Kinder müssen lernen, dass wir Erwachsenen auch essen dürfen".

Nina fing an zu weinen. Da nahm Lia das letzten Fischstäbchen von ihrem Teller und gab es Nina.

„Lia, willst du kein Fischstäbchen mehr? Du magst doch Fisch!", sagte ich.

„Doch, aber Nina weint…", antwortete Lia großherzig.

9. September 2015

Ballettstunde

Lia und Nina spielen Klavier, einmal in der Woche kommt die Musiklehrerin und unterrichtet die Kinder. An den anderen Tagen sind sie verpflichtet, regelmäßig zwanzig Minuten zu üben. Wenn Lia mit dem Klavierspiel beginnt, dann hat auch Nina den Wunsch, ein neues Stück zu lernen und stört Lia. Also versuche ich, Nina abzulenken und sage zu ihr:

„Nina, als ich ein kleines Mädchen war, wollte ich Tänzerin werden, kannst du mir zeigen, was du in der Ballettschule gelernt hast?" Nina übernimmt gerne die Rolle der Ballettlehrerin. Wir gehen in mein Zimmer „Erste Position!", befiehlt Nina und nimmt sie selbst ein. Es ist für mich noch einfach. Dann zeigt Nina mir in rascher Folge die Schritte, die ich wiederholen muss, aber das kann ich nicht.

Um sie abzulenken, schlage ich Nina vor, den „sterbenden Schwan" zu tanzen. Nina ist einverstanden. Ich versuche die Erinnerung an die Handbewegungen von Maja Plissetskaja in meinem Gedächtnis wachzurufen. Aber Nina langweilt sich bei meinen Versuchen und beginnt, selbst zu tanzen. Ich darf jetzt ausatmen und mich hinsetzen. Mein Ziel ist erreicht: Nina wird Lia nicht beim Klavierspielen stören. Sie ist eine leidenschaftliche Tänzerin und kann stundenlang tanzen.

4. Oktober 2015

Lia spricht mit Gott

Die Mutter eines Mädchens, das in Lias Klasse ist, war sehr krank. Sie hatte Krebs. Eines Tages versammelte die Lehrerin alle Kinder und teilte ihnen die traurige Nachricht mit, dass die Mutter ihrer Mitschülerin gestorben sei.

Die Lehrerin sprach über Leben und Tod und über verschiedene Schicksale der Menschen. Die Kinder erzählten auch von ihren eigenen Erfahrungen, jedes Kind sollte etwas sagen. Ein Junge erzählte vom Tod seiner Großmutter, ein Mädchen berichtete, ihren Vater verloren zu haben und sagte, dass er jetzt auf dem Friedhof wohne. Ein anderes Kind sagte: „Die Gestorbenen schauen uns aus dem Himmel zu und beten für uns." Alle Kinder waren tief getroffen.

Als Lia nach Hause kam, erzählte sie uns, was geschehen war. Dann gingen Lia und Nina zum Spielen in den Hof. Draußen war es wolkig, aber es regnete nicht.

Nach einer Stunde rief Lata die Kinder in die Wohnung zurück: „Kommt jetzt, wir wollen einkaufen gehen."

Nina war sofort da. Das Telefon klingelte und Lata sprach kurz mit ihrer Schwester. Dann half sie Nina, die Jacke anzuziehen. Lia war noch nicht da. Lata schaute vom Balkon hinunter. Lia saß noch im Hof und blickte in den Himmel.

„Lia, was machst du? Kommst du nicht mit? Ich warte auf dich", sagte Lata. Lia stand auf und kam ins Haus.

„Hast du geträumt?", fragte Lata.

„Nein, Mama, ich habe mit Gott gesprochen."

„Hat er dir zugehört?"

„Ja, ich habe in die Wolke am Himmel geschaut und dort wurde es hell ", antwortete Lia.

17.Oktober 2015

„Bye-bye"

Anna ist 15 Monate alt, sie kann schon winken und „Hallo" und „Bye-bye" sagen. Ihre Lieblingsbeschäftigung ist es, die Schuhe anzuziehen und wieder auszuziehen.

Stundenlang kann sie auf dem Boden sitzen und die Schuhe an- und ausziehen. Manchmal zieht sie den rechten Schuh an den linken Fuß und umgekehrt, den linken Schuh an den rechten Fuß. Sie geht dann zur Mama, um ihr zu zeigen wie schön ihre Füße aussehen.

Lata lobt ihre kleine Tochter und mit zufriedener Miene kehrt Anna in den Flur zurück, um die Schuhe wieder umzuziehen. Ich betrete den Flur und beobachte die Tätigkeit meiner Enkelin. Anna gefällt es nicht, sie guckt mich an, winkt und sagt: „Bye-bye". Ich winke zurück, aber setze mich nicht in Bewegung. Da wiederholt Anna ganz streng und mit erhobener Stimme: „Bye-bye". Ich verstehe, sie duldet keinen Beobachter und ich verlasse den Flur.

20. November 2015

*"Papa hat geholfen"

Lia und Nina kamen ziemlich aufgeregt aus der Schule nach Hause. Gleich als ihre Mutter ihnen die Tür öffnete, fragten sie: „Mama, stimmt es, dass eine Frau und ein Mann zusammen nackt liegen müssen, damit sie später ein Kind bekommen?"

„Ja, das stimmt", bestätigte Lata.

„Du und Papa auch?", fragten die Kinder und schauten die Mutter mit großen Augen an.

Lata dachte nach und antwortete ihnen nach kurzem Zögern: „Ja."

„O, wie eklig!" Die Kinder schüttelten sich, schauten einander an und gingen alleine auf ihr Zimmer.

Es verging etwas Zeit. Zum Weihnachtfest hatte Lia für Lata eine schöne Karte gemalt und darauf geschrieben: „Du bist die beste Mama der Welt. Du hast mir zwei kleine Schwestern geschenkt und Papa hat dir dabei geholfen."

17. Dezember 2015

Anna lächelt

Nach einer ziemlich langen Pause fahre ich wieder nach Frankfurt. Es ist gegen Abend, fast sieben Uhr, als ich die Wohnung meines Sohnes erreiche. Ich habe einen Schlüssel, aber trotzdem drücke ich den Klingelknopf. „Wer ist da?", höre ich Lias Stimme. „Ich bin es, ein Dieb", ich versuche meine Stimme zu verstellen. „Ah, Oma!", ruft Lia, und ich höre, wie Lia und Nina die Treppe herunterlaufen.

Anna steht oben an der Treppe mit ihrer Mutter. Sie schaut mich nicht an, aber ich sehe, wie sie lächelt und dabei in eine andere Richtung guckt. Es sieht so aus, als ob sie sagen wollte: „Ja, ich lächele, das bedeutet aber nicht, dass ich zeige, ich würde mich über deinen Besuch freuen."

So ist unsere kleine Anna: Eine ganz unabhängige Persönlichkeit!

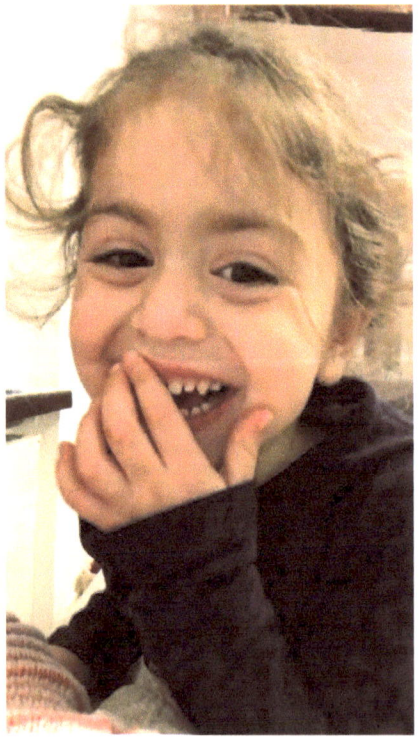

15. Juni 2016

*Schicke Biene

Anna trägt im Sommer T-Shirts mit verschiedenen bunten Aufdrucken. Sie hat T-Shirts mit roten Herzen, bunten Schmetterlingen, Vögeln oder anderen kleinen Tierchen. Besonders mag sie das T-Shirt mit einer gelben Biene. Die Erzieherin in der Krabbelstube sagt immer, wenn sie Anna mit diesem T-Shirt sieht: „Oh, schau, unsere schicke Biene ist gekommen, unsere Anna!"

An einem Sonntagnachmittag war die ganze Familie zum Kaffeetrinken eingeladen. Lata hat erst die Kinder fertig gemacht, dann zog sie sich selbst auch etwas Schönes an und betrachtete sich von allen Seiten im Spiegel.

Anna schaute Mama an und sagte: „Oh, Mama, unsere schicke Biene!"

11. August 2016

„Anna arbeitet"

Wenn Anna abends in ihrem Bett im dunklen Zimmer liegt, interessiert sie sich dafür, was die anderen ihr bekannten Personen in dieser Zeit machen.

„Was macht Lia?", fragt sie. „Lia schläft", antwortet Lata.

„Und Nina?" – „Nina schläft auch". – „Und Oma?" – „Oma auch". Dann fragt sie nach ihren Freunden und nach Lias und Ninas Freunden. Alle schlafen. „Wo ist Papa?", fragt Anna und ist schon bereit, zu weinen.

Lata kann nicht antworten, dass Papa auch schläft, weil Annas Bett neben dem Bett der Eltern steht und sie sieht, dass Papa nicht zu Hause ist. Deshalb sagt Lata die Wahrheit: „Papa arbeitet".

Anna ist ein kluges Mädchen und versteht, dass „arbeiten" etwas ist, das man unbedingt machen muss und dagegen zu protestieren keinen Sinn hat.

Wenn Lata abends nicht zu Hause ist, was eigentlich selten vorkommt, und Anna nach Mama fragt und wir dann erklären, dass Mama arbeitet, nimmt sie das heroisch zur Kenntnis und weint nicht.

Nach der Rückkehr aus dem Urlaub ging Anna ungern in die Krabbelstube. Lieber wäre sie zu Hause geblieben und hätte mit ihren älteren Schwestern gespielt. Lia und Nina hatten noch Ferien, aber Lata musste arbeiten und ihre jüngste Tochter in die Krabbelstube bringen. Anna protestierte nicht.

Zusammen mit ihrer Mutter verließ sie die Wohnung. Vor dem Eingang in die Krabbelstube schaute sie Lata an und sagte stolz: „Anna arbeitet."

24. September 2016

Flohmarkt

Gestern sammelte Nina für den Flohmarkt Kinderbücher und Spielzeuge. Sie und Max wollten zusammen ihre alten Sachen auf dem Flohmarkt verkaufen. Max ist ein achtjähriger Junge, der gegenüber wohnt und in Ninas Parallelklasse geht. Die Kinder spielen manchmal zusammen.

Ich war am Wochenende in Frankfurt und half meiner Enkelin, Bücher zum Verkaufen zu sammeln. Lia und Nina hatten Doppelexemplare einiger Bücher, die sie selbst gekauft haben und von ihnen Eltern oder Bekannte geschenkt wurden. Solche Bücher zu verkaufen, schien mir sinnvoll, aber andere, die Lia und Nina schon gelesen hatten, fand ich noch nützlich für Anna. Außerdem waren alle Bücher, die Nina ausgewählt hatte, zu schwer, um sie zum Flohmarkt zu schleppen und nach einer kurzen Diskussion mit Nina erreichte ich, dass sie einige Bücher aus der Tasche nahm. Mit den Spielzeugen war es anders. Wir haben alle Anna gezeigt, um ihre Erlaubnis zu bekommen, sie wegzugeben.

Für mich war es ziemlich erstaunlich, dass Anna sich sehr großzügig zeigte. Sie war sogar einverstanden, ihr neues, kleines, rotes Auto, das Lata für sie vor zwei Tagen gekauft hatte, ihrer Schwester zum Verkauf mit zu geben.

Am Sonntagmorgen holte Max Nina ab und sie gingen zusammen mit den Taschen schwer beladen zum Flohmarkt. Gegen Zwölf hat Lata gesagt: „Das Mittagessen ist schon fertig. Jetzt gehen wir mit Anna ein bisschen spazieren. Es ist so schönes Wetter. Nebenbei besuchen wir auch den Flohmarkt und sehen, was Nina und Max machen. In eine Stunde sind wir wieder da."

Nach eine Stunde kamen alle drei – Lata, Nina, und Anna – mit Ninas schwerer Tasche zurück. Anna drückte ihr kleines rotes Auto an ihre Brust.

„Wie war es auf dem Flohmarkt? Hast du deine Sachen verkauft?", fragte ich Nina. – „Nein, fast nichts", antwortete Lata an Ninas Stelle.

„Nicht schlimm, zumindest hat Anna ihr Lieblingsauto wieder", sagte ich. – „Aber das musste ich für sie kaufen", sagte Lata. – „Wie das?"

Lata begann zu erzählen: „Es war so: Auf dem Weg zum Spielplatz trafen wir Nina und Max, der in der Hand Annas Auto hatte. Als Anna ihr Auto erblickte, wollte sie es wiederhaben, aber Max sagte, dass er dieses Auto von Nina gekauft habe und es für sich behalten wolle. Anna weinte, sie wollte unbedingt das Auto zurückhaben. Da habe ich Max gefragt, ob er einverstanden wäre, es mir zu verkaufen. ‚Wie viel hast du Nina für dieses Auto bezahlt?' – ‚Zwei Euro', antwortete Max. ‚Dann bezahle ich dir zwei Euro und du gibst Anna das Auto.' – ‚Nein, ich verkaufe dieses Auto nicht für zwei Euro', antwortete Max. ‚Wie viel willst du dann haben?' – ‚Drei.' Ich hatte keine Wahl, ich habe ihm drei Euro gegeben und Anna hat ihr Auto zurückgekriegt. Gott sei Dank, dass Nina Annas Auto nicht teurer verkauft hat!"

23. Oktober 2016

*„Wir begraben dich"

Am Sonntagmorgen gehen Lia und Nina ihrer Mutter immer wieder mit Fragen auf den Geist: „Mama, was soll ich anziehen?" „Mama, kann ich dieses Kleid anziehen?" „Mama, wo sind meine Hosen?" „Mama, hast du vielleicht meine rote Jacke gesehen?"

Lata hat morgens immer viel zu tun: Sie muss sich fertigmachen, Anna anziehen, das Frühstück vorbereiten – und die Fragen der Kinder ärgern sie.

„Ich kann euch nicht immer die ganze Zeit bedienen, ihr müsst euch um euch selbst kümmern, selbst wissen, wo eure Sachen sind – und mich sollt ihr nicht ständig nerven. Was wollt ihr denn machen, wenn ich sterbe? Werdet ihr euch nicht mehr anziehen? Lia, sag mir bitte, was werdet ihr machen, wenn ich wirklich sterbe?"

„Wir begraben dich", war die Antwort.

15. Februar 2017

Die Kinder schreiben

Die Musiklehrerin sagte zu Nina: „Wenn du möchtest, schreib einen Text zu dem Alten Französischen Lied."

Noch an diesem Abend fing Nina an den Text zu schreiben. Am Ende lautete er so:

Der Tod

Er kommt ganz schmerzhaft und geschwind. Ob du jemals wieder zurückkommen wirst. Lass ihn dich holen, das Leben braucht ein Ende. Niemand hält ihn auf. Er holt dich, wenn er will. Es ist ein Lottospiel: Wer gewinnt, bleibt am Leben.

Du schließt die Augen und schläfst lange. Keiner kann dich wecken. Wer es versucht, liebt dich sehr. Im Schlaf spürst du die Liebe, du träumst von deinem Leben. Du merkst, dass du nach oben steigst. Alles, was du liebst, kommt mit dir. Deine Freunde weinen. Sie trauern. Doch du hast ein gutes Gefühl. Niemand kann dich aufhalten. Ein gutes Gefühl steigt wieder auf. Du hörst eine Stimme, die sagt: „Willkommen". Sie klingt wie die deiner besten Freundin oder deines besten Freundes. Du weißt, dass dein Leben schön war. Du siehst den Tod.

17. Mai 2017

Drei Monate später sagte die Musiklehrerin auch zu Lia: „Bitte, versuch zu beschreiben, was du empfindest, wenn du Chopin spielst".

Zur nächsten Musikstunde hat Lia folgendes geschrieben:

Das Glück

„Du gehst durch die Straßen und bist ganz allein. Egal wo du hingehst, jeder wendet sich von dir ab.
Die Einsamkeit weckt einen tiefen Schmerz in dir.
Aber trotzdem bist du stark.
Plötzlich kommt jemand auf dich zu.
Die Hoffnung steigt in dir auf.
Aber dann ist sie schlagartig weg.
Dieser Jemand geht einfach an dir vorbei und beachtet dich nicht.
Du schaust zu, wie alle Kinder spielen. Fragst sie, ob du mitspielen darfst. Wirst aber nicht beachtet.
In der Ferne siehst du ein Licht.

Schnell rennst du darauf zu.
Vor dir steht ein Mädchen in einem goldenen Gewand und lächelt dich an.
Mit ihr lächeln auch alle Glückssterne.
Du siehst sie an und schlagartig hat sich all dein Schmerz verzogen.
Du lächelst zurück".

„Und wie ist der Titel?", fragte die Lehrerin.
Lia überlegte kurz, dann schrieb sie: „**Das Glück**" und zeichnete viele kleinen Sterne auf das Blatt.

Als Nina las, was Lia geschrieben hat, wollte sie es sofort auch machen, setzte sich an den Tisch und nach fünf Minuten war ihr Text fertig.

Die Welt
(Zu Mozarts Klavierkonzert)

Die Welt ist ein Teil, der immer zu dir hält. Sie kann nicht verschwinden, nicht weglaufen. Du siehst so vieles, hast Fragen, die du beantworten kannst! Aber du hast auch Fragen, die nicht richtig beantwortet werden können.

In der freien Natur siehst du die Pflanzen und Bäume, Sträucher, die der Welt gehören. In Städten findest du Kinder, die herumlaufen und spielen. Du schaust in den Himmel. Die Vögel fliegen an der Sonne vorbei. Die Wolken machen verschiedene Figuren. Eine Wolke macht einen fast nicht sichtbaren Ball. Erst denkst du, es wäre ein normaler Ball. Nach einigen Minuten kommt dir aber der Erdball in den Sinn. Der auch zur Welt gehört. Jetzt stellst du dir eine Frage: Woher kommt die Welt? Dies ist eine Frage, die nie zu beantworten ist. Du schaust noch einmal in den Himmel und denkst: Ist die Welt nicht schön?

31. Mai 2017

Anna will Geld kaufen

Am Mittwoch war Annas letzter Tag in der Krabbelstube. Die ganze Familie war aufgeregt. Mama und Papa haben als Dankeschön Karten für Annas Erzieherinnen vorbereitet. Lia und Nina wollten auch mit in die Krabbelstube, in die sie selbst zwei Jahre gegangen waren. Die beiden leerten ihre Sparbüchse, um Blumen zu kaufen.

Anna spielte mit Mamas Brille. Als Mama es bemerkte, war es schon zu spät: Die Brillenfassung war kaputt. Lata begann zu jammern: „Oh, Anna, was hast du gemacht, deine Mama kann ohne Brille nichts sehen und sie hat auch kein Geld, um eine neue Brille zu kaufen."

„Mama, morgen gehe ich in den Kindergarten, ich bin schon groß und kaufe dir das Geld", tröstete Anna ihre Mutter.

6. Juni 2017

„Erlkönig"

„Oma, kennst du das Gedicht vom ‚Erlkönig'?", fragte mich Lia.

„Ja, Schatz, hast du dieses Gedicht in der Schule gelernt?"

„Noch nicht, die Lehrerin hat es uns vorgelesen. Morgen müssen wir Kinder es selbst vorlesen. Ich werde der König, also die ‚Erlkönigin' sein, aber ich will das ganze Gedicht auswendig lernen. Es gefällt mir sehr."

„Ich freue mich, Lia. Weißt du, mein Vater, dein Urgroßvater, hat dieses Gedicht ins Georgische übersetzt."

„Dein Vater, mein Urgroßvater?", wiederholte Lia erstaunt. Dann brachte sie mir das Heft mit Goethes Gedicht und las: „Wer reitet…" Lias Stimme klang schön, sie las sehr gut, mit voller Begeisterung.

„Lia, ein georgischer Dichter hat einmal über ein Gedicht gesagt: ‚Es ist meine große Freude' und jetzt kann ich sagen, dass du, wenn du das Gedicht vom ‚Erlkönig' liest, meine große Freude bist".

Lia lächelte. Dann lernte sie das Gedicht auswendig.

Ich fühlte mich einfach glücklich.

29. Juni 2017

Lia ist mit der Grundschule fertig

Morgen ist Lias letzter Tag in der Grundschule. Der Mathelehrer hat seinen Schülern und Schülerinnen Abschiedsbriefe geschrieben. Jedes Kind hat einen Brief bekommen.

Ich habe Lias Brief abgeschrieben:

30. Juni 2017

Liebe Lia,

was für eine mustergültige Heftführung! Einfach ausgezeichnet!

Du bist eine kluge und soziale Schülerin, die sehr genau beobachtet und sehr wertvolle Beiträge in den Unterricht einfließen lässt. Dein Mut und Deine Unverfrorenheit waren niemals respektlos, sondern witzig und couragiert. Du hast Humor!

Deine blitzschnelle Auffassungsgabe und Dein Zahlenverständnis haben dazu geführt, dass Dir in Mathematik alles zugeflogen kam. Ich hoffe und wünsche Dir, dass der Flug weitergeht. Ich wünsche Dir Freude und Leichtigkeit für die neuen Herausforderungen.

„Zahlen und Rechnen ist der Grund aller Ordnung im Kopf." (Pestalozzi)

Auch die Musiklehrerin hat Lia geschrieben:

„Du bist ein so begabtes und kluges Mädchen und deine liebevolle, lustige und ehrliche Art haben mich stets berührt. Danke!"

Wie könnte ich mich nicht freuen, so eine Enkelin zu haben?

20. Februar 2018

Anna T und Anna C

Unsere Anna ist schon drei Jahre alt und geht in den Kindergarten, dort hat sie eine neue Freundin, die auch Anna heißt. Um die beiden zu unterscheiden, nennen die Erzieherinnen sie Anna T und Anna C nach den einleitenden Buchstaben ihrer Nachnamen. Unsere Anna ist Anna T und so werde ich sie auch in meiner Geschichte nennen.

Anna C ist drei Monate älter als Anna T, und sie verpasst keine Möglichkeit, diesen Unterschied zu betonen. „Du bist klein", sagt sie zu Anna T, „du kannst nicht so schnell laufen wie ich". Oder sie sagt: „Du darfst nicht alleine rausgehen, du bist noch so klein!" Anna T ärgert sich und antwortet: „Ich bin nicht klein, ich bin bald vier". Manchmal weint sie, besonders dann, wenn Anna C mit einem anderen Mädchen spielt, das schon vier Jahre alt ist. Als die Erzieherin sieht, dass die Kinder streiten, versucht sie sie zu versöhnen und sagt zu Anna C: „Du hast Anna T gekränkt, du muss dich entschuldigen und ihr sagen, dass sie fast vier Jahre alt ist." Anna C kommt zu Anna T und sagt: „Entschuldigung, du bist nicht klein, du bist fast vier Jahre alt." Damit sind alle Unstimmigkeiten zwischen den beiden Freundinnen beigelegt und sie spielen wieder zusammen.

Einmal war ich in Frankfurt und, wie gewöhnlich, spielte ich mit Anna. Wir waren mit Ketty, Annas Puppe, schon auf dem Spielplatz gewesen und dann haben wir sie ins Bett gebracht. „Was spielen wir jetzt? Willst du Rotkäppchen sein und mir, deiner alten Oma, den Kuchen mitbringen?", fragte ich Anna.

„Nein, ich bin Anna C und du sollst Anna T sein und ich will nicht mit dir spielen", sagte Anna.

„Aber, liebe Anna C, warum willst du nicht mit mir spielen?"

„Du bist sehr klein, du bist noch drei Jahre alt", erklärte Anna. Dann fügte sie hinzu: „Jetzt musst du sagen, ich bin nicht klein, ich bin bald vier Jahre alt."

Das habe ich gemacht, mit beleidigter Miene sagte ich: „Ich bin nicht klein, ich bin bald vier."

„Nein, du bist klein", erwiderte meine Enkelin. „Ich bin nicht klein, ich bin bald vier", wiederholte ich.

„Du bist drei, du bist noch klein!" Anna insistierte so lange, bis ich aufgab: „O.k., ich bin klein."

„Nein, Oma, du musst weinen und sagen, ich bin nicht klein, ich bin bald vier." Ich fing an zu weinen und protestierte schluchzend: „Ich bin nicht klein, ich bin fast vier."

Anna kam zu mir, strich mir übers Haar und sagte: „Entschuldigung, Oma, du bist nicht klein, du bist bald vier."

Ich konnte das Lachen nicht unterdrücken.

28. Oktober 2018

Wie weise die Kinder sind

Nach dem Abendessen sagte Anna: „Oma, du fliegst bald in den Himmel.“

"Warum denkst du so?", fragte ich.

"Weil du sehr alt bist", war ihre Antwort.

"Aber was soll ich machen, wenn ich im Himmel bin und wenn ich dich vermisse?", fragte ich Anna in der Hoffnung, dass sie mir sagen würde, wenn es so wäre, könnte ich sie vielleicht auf der Erde besuchen.

"Du musst warten", antwortete Anna, „bis ich alt werde und zu dir in den Himmel komme".

18. Juni 2020

Anna - Babysitterin?

In der Coronazeit besucht Anna ihren Kindergarten nur dreimal in der Woche. Am Donnerstag und Freitag langweilt sie sich zu Hause. Anna Cs Eltern haben unsere Anna am Donnerstag für einen ganzen Tag eingeladen. Anna hat sich sehr gefreut.

Die Mutter brachte sie am Vormittag zu ihrer besten Freundin. Anna C hat einen kleinen Bruder, der vier Jahre jünger ist als die Mädchen. Er beobachtete neugierig die sechsjährige Anna und lächelte ihr zu. Unsere Anna schenkte ihm keine Aufmerksamkeit. Das sah der Vater des Jungen und sagte zu Anna: „Anna, siehst du, wie er auf dich schaut? Sag etwas zu ihm!"

„ Ich bin nicht seine Babysitterin", antwortete unsere freche Anna.

24. Juni 2020

Heilige Nino

Anna hat in der Schublade meines Schreibtisches eine alte Kette gefunden mit dem kleinen Medaillon von der Heiligen Nino, die im 4. Jahrhundert den christlichen Glauben in Georgien verkündet hat.

„Wer ist das?", fragte mich Anna.

„Das ist die heilige Nino, die die Christliche Lehre in Georgien predigte", gab ich ihr zur Antwort.

„Was bedeutet ‚predigte'?" Nach der Bedeutung eines Wortes fragt Anna immer, falls sie etwas nicht versteht.

„Predigen bedeutet erzählen. Sie hat den Georgiern erzählt, was Christus zu den Menschen gesagt hat, also über seine Lehre."

„Aber wir wissen das. Wir sind doch Christen."

„Ja, das stimmt, aber das war schon lange her. Damals wussten wir das noch nicht. Sie war die Erste, die uns über Christus erzäht hat."

„Aber Christus sprach Deutsch." Anna weiß, dass die Georgier die deutsche Sprache nicht verstehen. Wenn sie in Georgien ist, spricht sie Georgisch mit ihren Freunden und wenn sie manchmal unwillkürlich deutsche Wörter gebraucht, verstehen sie die Kinder nicht.

„Nein, Anna, du weisst doch, dass Christus in Israel wohnte. Er sprach Aramäisch, aber dann haben die Menschen seine Lehre in verschiedene Sprachen übersetzt, ins Deutsche, ins Englische, ins Georgische und so weiter. Die Heilige Nino sprach Georgisch und erzählte den Menschen über Christus auf Georgisch."

„Ich glaube, die georgische Sprache passt besser zu Christus", sagte Anna nachdem sie eine Weile überlegt hatte.

„Vielleicht hast du Recht, so dachten auch die georgische Mönche im 10. Jahrhundert", erwiderte ich und dachte dabei über das berühmte Gedicht von Ioane Sossime nach, einem Mönch aus dem georgischen Kloster auf dem Berg Sinai in Ägypten. Es heißt: „ Lob und Gloria der georgischen Sprache".

„Und diese Sprache", schreibt er über die georgische Sprache, „ist geschmückt und gesegnet durch den Namen des Herrn, niedrig und unterdrückt, erwartet sie den Tag der zweiten Ankunft des Herrn, damit jede Sprache durch diese Sprache entschlüsselt wird".

5. März 2022

Wir spielen Schach

Manchmal spiele ich mit Anna Schach. Sie spielt meistens mit den weißen Figuren, ich mit den schwarzen. In meiner Kindheit war ich eine ziemlich gute Schachspielerin, einmal habe ich sogar im Wettbewerb der georgischen Schülerinnen eine Medaille gewonnen. Nun will ich Anna etwas beibringen, aber sie weigert sich immer, meinen Empfehlungen zu folgen.

Letzens, an einem Samstagnachmittag, sagte sie am Anfang des Spieles: „Ich bin Selenskyj und du bist Putin, wir kämpfen miteinander." Das bedeutete natürlich, dass ich verlieren musste. Dieses Mal folgte Anna meinen Anweisungen und das Spiel endete mit ihrem glänzenden Sieg.

Nach dem Spiel hat Anna diese Friedenstaube gemalt:

1.Oktober, 2022

Anna interessiert sich für Politik

Es ist Morgen. Ich nehme meine Tabletten ein und fange an, Kaffee zu kochen. Anna kommt, stellt eine Schale voll Müsli auf den Tisch und beginnt zu essen. Dabei sagt sie: „Erzähle mir über die Politik." Sie ist barfuß.

„Zieh dir Socken an und dann erzähle ich dir die Nachrichten aus der Ukraine."

„Mir ist nicht kalt, ich habe warme Füße." Anna klettert auf den Stuhl und setzt sich auf ihre nackten Füße.

„Ich hole Socken und du ziehst sie an." Ich bringe die Socken, die Anna mit einer Handbewegung wegwirft.

„Nein, ich erzähle dir nichts, erstmal musst du dir die Socken anziehen!"

Anna wird wütend, nimmt ihre Schale und geht zum Ende des Tisches. „Ich will nicht, erzähle mir nichts!", ruft sie und guckt mich nicht an dabei.

Ich schenke mir Kaffee ein, mache mir ein Butterbrot und fange an: „Selenskyj hat gestern…"

„Warte", unterbricht mich Anna, steht auf, nimmt die weggeworfenen Socken, zieht sie an, setzt sich mit ihrer Schale neben mich an den Tisch und fragt: „Weiter? Was hat Selenskyj?"

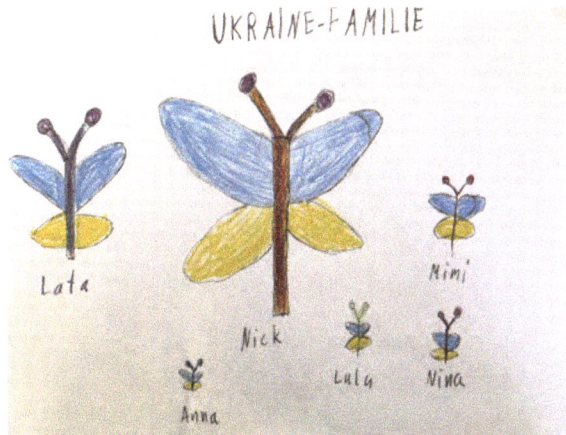

Schluss

Die Zeit vergeht. Die Kinder wachsen heran. Schon wird die Entfernung zu Eltern und Großeltern deutlicher. Allmählich werden die Großeltern älter und nehmen weniger Platz im Leben der Kinder ein, bis sie eines Tages ganz aus deren Leben verschwunden sein werden.

Aber ich hoffe, dass die Zeit kommt, da meine Enkelinnen irgendwo, vielleicht in einem staubigen Kellerloch oder in der Schublade des Schreibtisches ihres Vaters, diese Aufzeichnungen finden, und ich freue mich schon auf diesen Tag: „Guten Tag, meine Liebsten, seht ihr, welche Geschenke ich für euch vorbereitet habe?"

Anhang

Lia und Nina sind inzwischen 15 und 13 Jahre alt und schreiben gerne Essays.

Mein Vorbild

(Dieses Thema hat der Religionslehrer der 8. Klasse des Frankfurter Lessing-Gymnasiums den Schülern zur Bearbeitung gegeben. Meine damals 14-jährige Enkelin Lia hat viel über das Vorbild nachgedacht und am Ende schrieb sie Folgendes):

11.Januar, 2021

Lia-Marie

Ein Vorbild zu haben, bedeutet für mich, bestimmte Charakterzüge und Eigenschaften einer Person so zu schätzen, dass du dir diese aneignen willst. Ein Vorbild kann die gleichen Ziele oder Erfolge erreicht haben, die du erreichen willst, aber ich habe selbst noch gar nicht herausgefunden, was oder wer ich einmal werden will. Ich hatte noch nie eine bestimmte Person, zu der ich so aufgeschaut habe, als wäre sie ein Vorbild, denn es gibt keine „perfekte Version" des Menschen und somit hat jeder Mensch auch seine schlechten Seiten und Eigenschaften. Ich bewundere viele Menschen für ihre Taten, aber von einem reinen Vorbild kann ich nicht sprechen. Mein Vorbild wären jedoch einzelne Eigenschaften meiner Familie, denn ihre besten Eigenschaften sind die, die ich am liebsten verkörpern würde.

Meine kleine Schwester Anna ist sechs Jahre alt und sie ist für mich der Innbegriff der Lebensfreude und der Neugier, neue Dinge zu erfahren, zu entdecken und zu bestaunen. Sie will immer mehr wissen und lernen, dabei ist es egal, ob ich ihr mal von dies oder jenem erzähle. Sie hört mir immer aufmerksam zu und stellt Fragen. Sie lebt ihr Leben unbeschwert und frei. Sie kommt manchmal zu mir, einfach nur, um mich zu umarmen oder mit mir zu scherzen. Diese Eigenschaft ist die, die ich besonders an ihr schätze. Sie ist sehr neugierig und versucht immer, Spaß an den Dingen zu haben, die sie macht. Diese Eigenschaft ist mein Vorbild, da ich hoffe, genau so froh, wissbegierig und unbeschwert zu sein wie sie. Anna ist das Vorbild der Lebensfreude.

Meine andere Schwester Nina ist zwölf Jahre alt und eigentlich nur zwei Jahre jünger als ich, aber auch von ihr kann ich eine Eigenschaft als Vorbild anerkennen. Nina verkörpert für mich den Ehrgeiz, die Zielstrebigkeit und die Lustigkeit, die ich sein will. Sie gehört zu den Menschen, die sich nicht schnell geschlagen geben und dafür schätze ich sie. Sie erledigt ihre Aufgaben immer schnell, um in dem Rest der Zeit ihren persönlichen Interessen nachzugehen. Außerdem ist Nina sehr humorvoll und man kann stundenlang in ihrer Umgebung sein, da es nie langweilig mit ihr wird. Sie ist immer da, um dich einmal zum Lachen zu bringen, wenn du mal eins brauchst und sie hilft dir immer gerne. Diese Eigenschaft will ich auch verkörpern.

Nun komme ich zu meiner Oma. Sie lebt in Georgien zusammen mit meinem Opa, sie hat drei Töchter zur Welt gebracht, darunter auch meine Mutter. Mit 19 Jahren ist meine Mutter nach

Deutschland gekommen, um hier zu studieren und zu leben. Später folgten ihr auch ihre beiden Schwestern (meine Tanten). Sie leben und arbeiten jetzt alle hier in Deutschland, während meine Oma in Georgien geblieben ist. Sie hat ihre Töchter gehen lassen, gleichzeitig in dem Wissen, dass sie sie nicht mehr so oft sehen würde. Meine Oma verkörpert für mich die Selbstlosigkeit, diese Eigenschaft ist für mich eine der größten und ich liebe sie dafür sehr. An andere Menschen zu denken, bevor du an dich selbst denkst und deren Freiheit und Glück über deines zu stellen, ist gleichzeitig die mutigste und tollste Eigenschaft, die ein Mensch haben kann. Außerdem ist meine Oma somit auch glücklich, da sie weiß, dass diese Tat das Beste war, was sie tun konnte. Sie ist glücklich, wenn auch ihre Kinder es sind. Das Vorbild der Selbstlosigkeit ist meine Oma und diese nehme ich mir als Vorbild.

Jetzt erzähle ich über meine andere Oma, sie ist auch in Georgien geboren und ist die Mutter meines Vaters. Sie lebt zurzeit hier in Deutschland und unterrichtet mit ihren 83 Jahren immer noch Studenten, da die Untätigkeit für sie eine Qual wäre. Sie hat schon mehrere Bücher geschrieben, einige sind Reiseführer, Wörterbücher oder eigene Erinnerungen ihrer Kindheit. Sie hat auch schon ein Buch über meine Schwestern und mich geschrieben, was ich besonders toll finde. Meine Oma ist für mich die Hartnäckigkeit und Willensstärke; oder aber auch die Hilfsbereitschaft. Meine Oma ist sehr hartnäckig, wenn sie etwas Bestimmtes will und akzeptiert kein einfaches „Nein". Sie ist sehr fit für ihr Alter und hat sich auch nicht durch den ein oder anderen Sturz runterziehen lassen. Meine Oma weiß genau, was sie im Leben noch erreichen will oder schon erreicht hat und sie ist immer bereit, auch mal eine helfende Hand für dich zu sein. Diese Eigenschaften meiner Oma nehme ich mir als Vorbild.

Meinen Vater darf ich auf jeden Fall auch nicht vergessen. Mein Vater ist sehr temperamentvoll, aber eigentlich will ich eine andere Eigenschaft von ihm hervorheben. Eine seiner Eigenschaften, die ich über alles schätze, ist seine gleichzeitig ehrliche, aber auch einfühlsame Art. Er ist zwar auch zum Scherzen da und ich habe schon viele Lachkrämpfe hinter mir, die ich auf keinen Fall vergessen will. Aber gleichzeitig ist mein Vater auch derjenige, der meine Familie versorgt und der es uns ermöglicht, ein tolles Zuhause, genug Essen und die Freiheit zu haben, verschiedene Dinge zu machen, die wir wollen. Außerdem hat er eine sehr realistische Sicht auf die Welt und er ist der Meister der Aufmunterung. Sei es auch nur ein kleines „Deine Haare sehen so toll aus", aber diese einzelnen Komplimente stärken einen auch in seinem Tun. Diese Eigenschaften sind wichtig, denn sie machen auch ihn zu einem Vorbild.

Zuletzt will ich noch über meine Mutter reden, diese darf hier auf keinen Fall fehlen. Meine Mutter hat viele tolle Eigenschaften, aber eine ihrer wichtigsten ist wahrscheinlich ihr Mut, mit dem sie vielen Dingen in ihrem Leben begegnet ist. Und auf jeden Fall ist meine Mutter der Innbegriff von Liebe, denn sie ist sie sozusagen. Meine Mutter ist die Beste im Geheimnis bewahren, im Reden, aber auch eine Hand, die man einfach mal halten kann, wenn man sie braucht. Außerdem versteht sie meine Probleme wahrscheinlich am besten, da sie ähnliche Erfahrungen gemacht oder aber auch einfach, weil sie es am besten kann. Sie sieht mich als gleichwertigen Menschen und zusammen mit meiner Familie ist sie eine der Personen, die mich am allerbesten kennt. Da reicht auch nur ein Wort und sie weiß direkt, was sie tun muss. Sie kümmert sich um meine Schwestern und mich und sie braucht keine Gegenleistung, dies muss ich anerkennen. Diese Eigenschaften will ich eines Tages auch sein.

Mein Vorbild ist meine Familie, denn zusammen verkörpern sie die Lebensfreude, die Neugier, den Ehrgeiz, die Zielstrebigkeit, die Lustigkeit, die Selbstlosigkeit, die Hartnäckigkeit, die Hilfsbereitschaft, die Ehrlichkeit, die Einfühlsamkeit, den Mut und die Liebe, die ich sein will.

Was ist Einsamkeit?

(Dieses Essay über Einsamkeit hat die 13-jährige Nina im Deutschunterreicht geschrieben.)

15 Dezember, 2021

Nina Sophie

Was ist Einsamkeit? Ist eine Person, die allein auf dem Pausenhof steht, einsam? Ist eine Person, die als einzige nicht bei der Klasse ist, einsam? Ist eine Person, die den ganzen Tag in ihrem Zimmer hockt und sich nicht mit Freunden trifft, einsam? Kann man sehen, wann eine Person einsam ist? Kann man merken, wann sich eine Person einsam fühlt?

Alleingelassen, einsam, allein, traurig, das alles sind Begriffe, mit denen wir dieses Gefühl beschreiben würden. Aber Einsamkeit ist noch mehr, es ist eine Leere, eine Lücke. Einsamkeit kann man nicht auf eine Sache reduzieren. Einsamkeit hat viele Formen und Facetten, viele verschiedene Arten und es kann zu vielen verschiedenen Problemen führen. Wenn man von Einsamkeit spricht, denkt man sofort an jemanden, der allein ist. Ich habe Einsamkeit deshalb in zwei Kategorien eingeteilt: innere Einsamkeit und äußere Einsamkeit.

Äußere Einsamkeit ist dabei die Form von Einsamkeit, welche klar zu erkennen ist. Eine Person ist konstant allein. Hat niemanden zum Reden. Würde man diese Person betrachten, würde man erkennen, dass sie sich einsam fühlt. Die Leere in der Person sieht man auch in der leeren Hülle um diese.

Meine zweite Kategorie, die innere Einsamkeit, ist komplexer. Sie ist nicht zu erkennen und nie würde jemand vermuten, diese Person sei einsam. Sie steht immer zusammen mit jemandem. Diese Person lacht immer und redet viel und ist immer motiviert. Doch im Inneren ist sie einsam. Diese Person lacht viel, obwohl sie es nicht lustig findet. Die Person redet, obwohl sie niemanden wirklich zum Reden hat.

Man sollte sich aber bewusst sein, wann man einsam ist. Obwohl man nicht weiß, wann sich eine Person einsam fühlt, sollte man sich nicht einreden, dass man einsam ist. Jeder fühlt sich das ein oder andere Mal alleingelassen, nicht unterstützt und einsam. Jeder hat Momente im Leben, in denen man sich einsam fühlt. Doch die Einsamkeit ist länger. Einsamkeit taucht nicht auf und geht, sondern bleibt länger. Doch ab welchem Grad sind die Momente der Einsamkeit zu hoch? Deshalb denke ich nicht, dass ich in diesem Essay eine gute Definition zu Einsamkeit finden werde, da sie immer anders ist. Ich denke Einsamkeit ist ein starkes Gefühl, welches man nicht aktiv bemerkt so wie Wut.

Wenn ich Einsamkeit mit einem Wort beschreiben würde, würde ich Leere nehmen. Es ist wie als würdest du darauf warten, dass sich jemand auf den freien Platz neben dir setzt. Wenn jemand schließlich kommt, sollte die Person mit ihrem Stuhl noch näher heranrutschen, damit sie die Lücke füllt. Doch sie füllt erst die große Leere, wenn sie anfängt zu reden. Vielleicht vergeht so das Gefühl der Leere. Vielleicht vergeht so Einsamkeit. Vielleicht vergeht sie auch nur für einen Moment. Wenn die Person aufsteht, geht die Tür zum Zimmer wieder auf und das Gefühl der Leere strömt wieder heraus. Wie ein Fluss und du wirst umgeworfen und landest wieder da, wo du davor warst. Jetzt hoffst du, dass dich jemand aus dem Fluss zieht. Vielleicht ist es aber irgendwann zu spät und du ertrinkst im Fluss. Vielleicht hat dich jemand aus dem Fluss gezogen, aber Einsamkeit geht nicht vorüber, nur weil eine Person mit dir geredet hat, dich eingeladen hat oder etwas mit dir unternommen hat. Einsamkeit vergeht nicht auf einmal. Einsamkeit ist wie ein Puzzle, die Stücke werden nach und nach eingesetzt, bis es wieder ganz ist. Mal hat das Puzzle mehr Teile, mal ist es leichter und mal schwerer. Nur ein paar Leute erkennen erst, wie man mit dem Puzzle anfängt und ein paar geben in der Mitte auf. Manchmal muss die Person selbst das Puzzle lösen, weil sie keine Hilfe bekommt.

Doch wie hilft man jemandem, der einsam ist, wenn Reden nicht reicht. Muss man sich nur auf diese Person konzentrieren, nur mit ihr etwas unternehmen? Ich glaube, dann würde die Person nicht mehr einsam sein, aber sie würde versuchen, nur an dir festzuhalten, damit sie dich nicht verliert, da sie Angst hat wieder einsam zu sein. Irgendwann wird dieses Festhalten ein klammernder Griff und irgendwann drückt die Person schon in deine Haut ein. Es ist wichtig, einer einsamen Person zu helfen, aber nicht all seine Konzentration auf diese zu fixieren. Deshalb ist es schwer, einer Person in dieser Situation zu helfen. Am besten, du versuchst nicht alles auf einmal, sondern gehst das Puzzle langsam an. Zuerst das erste Stück, dann das nächste. Wenn du nicht mehr weiterweißt, dann gib nicht auf, sondern mach weiter, bis es ganz ist und pass auf, dass das Puzzle nicht runterfällt und alles wieder kaputtgeht. Denn sonst könnten die Puzzleteile verschwinden, genauso wie die Person. Am Ende aber liegt es nur an der Person selbst, ob sie das Puzzle schön findet.

Einsamkeit als Gefühl wird oft unterschätzt oder verharmlost. Es wird verglichen mit Depressionen. Dabei ist Depression eine Krankheit, welche bewirkt, dass du nie glücklich bist. Dabei denke ich, dass Einsamkeit ein Gefühl ist, welches sich langsam in einen großen Strudel verwandelt. Studien können genau beweisen, wie viele Menschen in Deutschland unter Depressionen leiden. Bei Einsamkeit stößt man oft auf die Zahlen 12% oder acht Millionen Menschen in Deutschland, dabei finde ich, dass Einsamkeit nicht zu messen ist. Ich denke auch, dass Einsamkeit einfach ein Gefühl ist. Dabei sind Gefühle nicht zu messen, doch wir haben angefangen, dies zu tun. Aus Wut wurden Aggressionsprobleme und aus Angst wurde Phobie. Aus sich einsam fühlen wurde Einsamkeit.

Was ist Einsamkeit? Ich habe Einsamkeit mit Vielem verglichen, ich habe versucht eine genaue Definition zu finden. Ich habe versucht herauszufinden, wie man erkennt wann jemand einsam ist, und trotzdem bin ich wieder bei meiner ersten Frage gelandet. Was ist Einsamkeit? Ich könnte noch weitere Fragen stellen. Ich könnte noch mehr schreiben, aber ich werde nie genau sagen können, was Einsamkeit ist. Ich werde nie genau wissen was Einsamkeit ist. Doch trotzdem habe ich versucht es zu erklären und vielleicht sollte ich nicht aufgeben.

Einsamkeit ist für mich ein großes Gefühl, welches immer wieder auftreten kann und bei ein paar Personen zu etwas Größerem werden kann. Aus dem Gefühl wird irgendwann etwas Ständiges. Man kann Einsamkeit nicht erkennen und wenn, dann sollte man seine Hilfe langsam angehen, nicht aufgeben und die Person nicht gleich wieder fallen lassen.

Trotzdem kann ich immer noch nicht sagen was Einsamkeit ist. Glück ist, wenn man glücklich ist. Angst ist, wenn man ängstlich ist. Wut ist, wenn man wütend ist. Ich denke aber nicht das man sagen kann Einsamkeit ist, wenn man einsam ist. Einsamkeit ist verwirrender. Man ist nicht nur einsam, wenn man allein ist. Ich konnte meine Frage nicht beantworten, aber trotzdem stelle ich sie mir ein letztes Mal. Was ist Einsamkeit?

Nachwort

Wie sieht jetzt die sprachliche Entwicklung der Kinder aus? Lia und Nina sprechen selbstverständlich auch Georgisch. Lesen und schreiben können sie es auch, aber leider haben sie fast keine Zeit, um georgische Bücher zu lesen. Außerdem lernen sie im Gymnasium Latein, Englisch und Französisch. Obwohl ich in der letzten Zeit wegen der Pandemie bei meinem Sohn wohne und mit den Kindern nur Georgisch spreche, merke ich, dass sich ihre Kenntnisse der georgischen Sprache nicht verbessern. Deshalb kann ich sagen, dass ihre sogenannte „Dominantsprache" die deutsche Sprache ist. Die siebenjährige Anna spricht auch gut Georgisch, sie kann mehrere Wörter schreiben, aber das ganze Alphabet kennt sie noch nicht. Die Hauptsache ist, dass sie das Lesen und Schreiben freiwillig lernt und der Prozess des Lernens ihr Spaß macht. Da sie im deutschen Kindergarten war und heute in die deutsche Schule geht, ist es selbstverständlich, dass auch für sie die dominantere Sprache die deutsche Sprache sein wird. Georgisch ist für die Kinder somit nur eine Art der „Familiensprache" geworden und ich vermute, dass eine solche Verwandlung der Muttersprache für Kinder, die nicht in ihrem Land aufwachsen, unvermeidlich ist.

Meine älteren Enkelinnen sind keine Kinder mehr, haben eigene Pläne und gehen eigene Wege. Neulich hat Lia das Buch von Dean Burnett „Unser verrücktes Gehirn" bestellt. Ein hochinteressantes Buch, habe ich festgestellt, als ich darin geblättert habe. Besonders gut hat mir dieser Satz gefallen: „Wenn Sie also über diesem Buch einschlafen, dann nicht, weil es langweilig ist, sondern weil Ihr Körper und Ihr Gehirn das brauchen". Nun bin ich beruhigt: Sollten diese Aufzeichnungen schlaffördernd wirken, wäre es nicht meine, sondern des Lesers Schuld.

Lia Abuladze Frankfurt am Main, 2023

Herstellung und Verlag: BoD – Books on Demand, Norderstedt
ISBN: 9783751969659